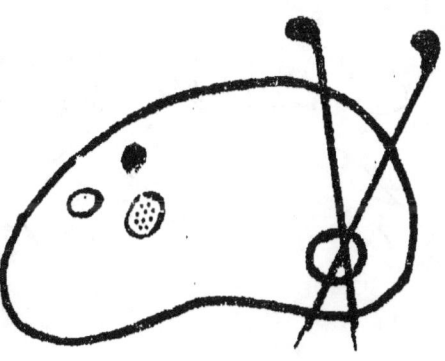

Couvertures supérieure et inférieure
en couleur

COUVERTURES SUPERIEURE ET INFERIEURE D'IMPRIMEUR.

Aventure et voyages

Auteur

du Lac Echa...

Tom. 1er

AUTOUR
DU LAC TCHAD

I

LISTE DES VOLUMES

Composant la Collection.

CHAQUE VOLUME BROCHÉ : **75** CENTIMES

FRANCO PAR POSTE : **1** FRANC

LECTURES POUR TOUS

AVENTURES ET VOYAGES

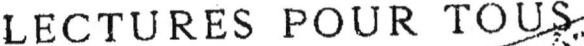

AUTOUR

DU

LAC TCHAD

PAR

Mme MARIA DE GROOTE

TOME PREMIER

PARIS

L. BOULANGER, ÉDITEUR

90, boulevard Montparnasse, 90

AUTOUR DU LAC TCHAD

HISTOIRE DES EXPLORATIONS DE L'AFRIQUE CENTRALE

CHAPITRE PREMIER

LES ANCIENS. — HÉRODOTE ET LES PEUPLES DE LA LIBYE. — LES CARTHAGINOIS ET LE PÉRIPLE D'HANNON

Au moment où tous les regards se tournent vers l'Afrique, où le sang des plus nobles enfants de France vient de couler une fois de plus, dans cette œuvre si difficile de conquête et de civilisation, il est intéressant de rechercher quels efforts ont déjà été tentés pour pénétrer dans les mystérieuses profondeurs, dont l'histoire se perd dans une nuit sombre et étrange, comme si cette partie de la terre s'était trouvée toujours en quelque sorte en dehors de notre monde.

L'Afrique a-t-elle toujours été un pays de déserts et de solitudes inexplorées? Ce continent, le second en grandeur, n'a-t-il jamais été que le domaine d'êtres dégradés, de singes, de crocodiles et de bêtes sauvages?

1

Quatre fois plus grand que l'Australie, triple de l'Europe en étendue, comprenant trente millions de kilomètres carrés, îles comprises, n'a-t-il jamais été le théâtre d'événements qui aient intéressé l'humanité tout entière? N'a-t-il pas été relié en des temps préhistoriques à l'Espagne et à l'Italie?

D'où vient son nom? Pour la première fois, on le trouve mentionné chez les Romains, qui, ainsi qu'il est toujours arrivé par la langue latine, ont pris la racine d'un mot, pour l'agrémenter de leurs désinences fantaisistes. Dans la conclusion de ce travail, nous essaierons de répondre à ces intéressantes questions. Contentons-nous, pour le moment, de rappeler les étymologies bizarres qu'on a attribuées à ce mot d'Afrique.

D'après les uns, il viendrait du mot phénicien Faraga, qui implique idée de séparation, de colonne; ou du mot Friki, Pharckia, qui signifierait pays des fruits.

Les anciens Grecs l'appelaient Libye. Encore cette dénomination ne s'appliquait-elle qu'à la partie septentrionale, sur les côtes méditerranéennes.

C'est Hérodote qui, le premier, nous parle un peu longuement de ce pays. Vers l'an 450 avant notre ère, dans ses Histoires, dont chacun des livres porte le nom d'une des Muses, on peut trouver çà et là d'étranges renseignements sur l'Afrique ou plutôt la Libye, qui apparaissait à ses contemporains comme une contrée fantastique.

Liv. IV : « La Libye suit immédiatement l'Égypte et fait partie de la seconde péninsule, laquelle est étroite aux environs de l'Égypte. En effet, depuis cette mer-ci (la Méditerranée) jusqu'à la mer Érytrée ou mer Rouge, il n'y a que mille stades. Mais depuis cet endroit étroit, la péninsule devient spacieuse et prend le nom de Libye.

« J'admire d'autant plus, continue le bon Hérodote, ceux qui ont décrit la Libye, l'Asie et l'Europe et qui en ont déterminé les bornes, qu'il y a beaucoup de différence entre ces trois parties de la terre. Car l'Europe surpasse en longueur les deux autres, mais il ne me paraît pas qu'elle puisse leur être comparée par rapport à la largeur. En effet, la Libye est évidemment environnée de la mer, excepté du côté où elle confine à l'Asie. »

Cette phrase donne une grande force à l'hypothèse d'après laquelle la région du Sahara aurait été occupée par une mer intérieure, dont en ces derniers temps le colonel Roudaire recherchait les traces.

« Nécos, dit Hérodote, est le premier roi qui, à notre connaissance, l'ait démontré. Lorsqu'il eut fait cesser de creuser le canal qui devait conduire les eaux du Nil au golfe Arabique, il fit partir des Phéniciens sur des vaisseaux avec ordre d'entrer à leur retour, par ces colonnes d'Hercule, dans la mer Septentrionale, et de revenir de cette manière en Égypte.

« Les Phéniciens s'étant donc embarqués sur la mer Érythrée, naviguèrent dans la mer Australe. Quand l'automne était venu, ils abordaient à l'endroit de la Libye où ils se trouvaient et semaient du blé. Ils attendaient ensuite le temps de la moisson et après la récolte ils se remettaient en mer. Aussi ayant voyagé pendant deux ans, la troisième année ils doublèrent les colonnes d'Hercule et revinrent en Égypte. Ils racontèrent à leur arrivée que, en faisant voile autour de la Libye, ils avaient eu le soleil à leur droite. Ce fait ne me paraît nullement croyable ; mais peut-être le paraîtra-t-il à quelque autre. C'est ainsi que la Libye a été connue pour la première fois. »

Ce passage est fort curieux, justement à cause de l'étonnement d'Hérodote au sujet de la position du soleil.

C'est ainsi que les navigateurs durent cependant voir cet astre, quand ils eurent passé la ligne. Donc ce fut bien un voyage autour des côtes d'Afrique qu'ils exécutèrent, et les côtes n'étaient pas habitées, ainsi qu'il ressort d'un passage subséquent dans lequel l'historien grec raconte que Sataspe, fils de Téaspis, de la race des Achéménéens, avait reçu l'ordre de faire le tour de la Libye et ne l'acheva pas, rebuté qu'il fut par la longueur de la navigation et la solitude des pays qu'il rencontrait.

Pourtant Sataspe, — qui paraît n'avoir pas été doué d'un grand courage, — raconta que sur les côtes de la mer les plus éloignées qu'il eût parcourues, il avait vu de petits hommes, vêtus d'habits de palmier, qui avaient abandonné leurs villes pour s'enfuir dans les montagnes, aussitôt qu'ils l'avaient vu aborder avec son vaisseau; qu'étant entré dans leurs villes, il ne leur avait fait aucun tort et s'était contenté d'enlever du bétail.

Il ajouta qu'il n'avait pas achevé le tour de la Libye, parce que son vaisseau avait été arrêté (par quoi?) et qu'il n'avait pu avancer.

Xercès pour le punir, le fit mettre en croix; mais, détail intéressant, un eunuque de Sataspe s'enfuit avec de grandes richesses, qui semblent avoir été le butin de cette expédition.

Plus tard, toujours d'après Hérodote, on voit un prince refuser d'obéir à un ordre de la Pythie qui lui enjoignait d'aller fonder une ville en Libye, parce qu'il ignorait où elle se trouvait.

Enfin, dans le livre IV de son Histoire, Hérodote donne une nomenclature des peuples de la Libye, à commencer depuis l'Égypte. Ces indications et ces noms, — plus ou moins défigurés, — peuvent avoir pour l'histoire antique de l'Afrique la plus grande importance, ainsi qu'on le verra dans nos conclusions :

« Les premiers qu'on rencontre, dit-il, sont les Adyrmachides. Ils ont presque les mêmes usages que les Égyptiens, mais ils s'habillent comme le reste des Libyens. Leurs femmes portent à chaque jambe un anneau de cuivre, et laissent croître leurs cheveux; si elles sont mordues par un pou, elles le prennent, le mordent à leur tour et le jettent ensuite. Ces peuples sont les seuls Libyens qui aient cette coutume; ils sont aussi les seuls qui présentent leurs filles au roi lorsqu'elles vont se marier. Cette nation s'étend depuis l'Égypte jusqu'à un port appelé Plynos.

« Les Giligammes touchent aux Adyrmachides; ils habitent le pays qui est vers l'occident jusqu'à l'île Aphrodisias. Dans cet intervalle est l'île de Platée où les Cyrénéens envoyèrent une colonie. Aziris, où ils s'établirent aussi, est sur le continent, ainsi que le port de Ménélas. C'est là qu'on commence à trouver le Silphium. Le pays où croît cette plante s'étend dans l'île de Platée jusqu'à l'embouchure de la Syrte [1]. Ces peuples ont presque les mêmes coutumes que les autres.

« Immédiatement après les Giligammes, on trouve

---

1. Il s'agit ici de la grande Syrte, dont l'embouchure n'est pas éloignée de Barcé, et qui est beaucoup plus près de l'Égypte que la petite.

les Asbystes, du côté du couchant; ils habitent le pays au-dessus de Cyrène; mais ils ne s'étendent pas jusqu'à la mer; les côtes maritimes sont occupées par les Cyrénéens. Ils sont, de tous les Libyens, les plus habiles à conduire les chars à quatre chevaux et ils s'étudient à imiter la plupart des coutumes des Cyrénéens.

« Les Auschises sont à l'occident des Asbystes, auxquels ils confinent : ils habitent au-dessus de Barcé et s'étendent jusqu'à la mer, près des Évespérides. Les Cabales demeurent vers le milieu du pays des Auschises; leur nation est peu nombreuse; elle s'étend sur les côtes de la mer vers Tauchire, ville du territoire de Barcé. Leurs usages sont les mêmes que ceux des peuples qui habitent au-dessus de Cyrène.

« Le pays des Auschises est borné à l'ouest par celui des Nasamons, peuple nombreux. En été, les Nasamons laissent leurs troupeaux sur le bord de la mer et montent dans le pays d'Angila, pour y recueillir en automne les dattes. Les palmiers y croissent en abondance, y viennent très beaux et portent tous du fruit. Les Nasamons vont à la chasse des sauterelles, les font sécher au soleil et, après les avoir réduites en poudre, mêlent cette poudre avec du lait, qu'ils boivent ensuite.

« Voici leur manière de faire des serments et d'exercer la divination. Ils mettent la main sur le tombeau des hommes qui ont parmi eux la réputation d'avoir été

les plus justes et les plus vaillants, et jurent par eux.
Pour exercer la divination, ils vont aux tombeaux de
leurs ancêtres; ils y font leurs prières et y dorment
ensuite. Si pendant leur sommeil ils ont quelque songe,
ils en font leur profit.

« Ils se donnent mutuellement la foi en buvant réci-
proquement de la main l'un de l'autre.

« S'ils n'ont rien de liquide, ils ramassent à terre de
la poussière et la lèchent.

« Les Psylles étaient voisins des Nasamons; ils
périrent autrefois de la manière que je vais dire. Le
vent du midi avait de son souffle desséché leurs
citernes; car tout leur pays était en dedans de la Syrte[2]
et sans eau. Ayant tenu conseil entre eux, ils résolu-
rent d'un consentement unanime d'aller faire la guerre
au vent du midi. Je rapporte les propos des Libyens.
Lorsqu'ils furent arrivés dans les déserts sablonneux,
le même vent soufflant avec violence, les ensevelit sous
des monceaux de sable.

« Après la destruction des Psylles, les Nasamons s'em-
parèrent de leurs terres.

« Au-dessus de ces peuples, vers le midi, dans un

2. Il est encore ici question de la grande Syrte. Le territoire
des Psylles s'étendait depuis le pays des Nasamons jusqu'aux
Maces; ils étaient par conséquent enfermés au nord par la
grande Syrte. C'est ce qui fait dire à Hérodote qu'ils étaient en
dedans de la Syrte.

pays rempli de bête féroces, sont les Garamantes, qui évitent les hommes et tout commerce avec eux ; ils n'ont aucune sorte d'armes et ne savent même pas se défendre.

« Cette nation habite au-dessus des Nasamons. Elle a pour voisins les Maces. Ceux-ci sont à l'ouest et le long de la mer. Ils se rasent de manière qu'il reste sur le haut de la tête une touffe de cheveux. Ils y parviennent en laissant croître leurs cheveux sur le milieu de la tête, et en se rasant de très près des deux côtés. »

« Quand ils vont à la guerre, ils portent pour armes défensives des peaux d'autruches.

« Le Cinyps descend de la colline des Grâces, traverse leur pays et se jette dans la mer.

« Cette colline est entièrement couverte d'une épaisse forêt tandis que le reste de la Libye, dont j'ai parlé jusqu'ici, est un pays où l'on ne voit point d'arbres ; de cette colline à la mer il y a deux cents stades.

« Les Gindanes touchent aux Maces. On dit que leurs femmes portent chacune, autour de la cheville du pied, des anneaux de cuir, et chacune en a beaucoup.

« Les Lotophages habitent le rivage de la mer, qui est devant le pays des Gindanes. Ces peuples ne vivent que des fruits du lotos [1] : ce fruit est à peu près de la

1. C'est une espèce de jujubier, le *rhamnus lotus* de Linné. Son fruit a beaucoup de rapport avec celui du jujubier cultivé,

grosseur d'une baie de lentisque et d'une douceur pareille à celle des dattes. Les Lotophages en font aussi du vin.

« Ils confinent, le long de la mer, aux Machlyes : ceux-ci font usage du lotos, mais beaucoup moins que les Lotophages. Les Machlyes s'étendent jusqu'au Triton, fleuve considérable qui se jette dans un grand lac nommé Tritonis, où l'on voit l'île Phla. On dit que les Lacédémoniens, sur la foi d'un oracle, devaient envoyer une colonie dans cette île.

« Voici comment on raconte ce fait. Quand Jason eut fait construire, au pied du mont Pélion, le navire *Argo* ² et qu'il y eut embarqué une hécatombe avec un trépied d'airain, il doubla le Péloponèse, dans le dessein d'aller à Delphes. Lorsqu'il fut arrivé vers le promontoire Malée, il s'éleva un vent du nord qui le jeta en Libye, et il se trouva dans les bas-fonds du lac Tritonis avant d'avoir découvert la terre. Alors qu'il ne savait com-

le *rhamnus ziziphus* ; ainsi nommé parce qu'il est sphérique et plus petit. (Dissertation de Desfontaines sur le lotus, dans les Mémoires de l'Académie des sciences.)

2. « Les Grecs avaient appris la navigation et l'art de construire des vaisseaux des Phéniciens qui étaient venus avec Cadmus en Béotie. Ces peuples avaient deux sortes de vaisseaux : les uns ronds qui s'appelaient *gaules* ; les autres longs qu'ils nommaient *aréa* ou *arco*. Les Grecs changeant, suivant leur usage, le c en g, firent *argo*. Mais venant ensuite à oublier la cause de cette dénomination, ils inventèrent, suivant leur usage, des fables pour en rendre raison. » (BACHARD.)

ment sortir de ce pays dangereux, on dit qu'un triton lui apparut et lui demanda son trépied, lui promettant de lui montrer une route sûre et de le tirer de ce péril. Jason y consentit et le triton lui montra le moyen de sortir de ce bas-fond; il prit ensuite le trépied, le mit dans son propre temple et, s'asseyant dessus, prédit à Jason et aux siens tout ce qui devait leur arriver. Il lui annonça aussi que lorsque ce trépied aurait été enlevé par quelqu'un des descendants de ceux qui étaient dans le navire *Argo*, il était de toute nécessité que les Grecs eussent cent villes sur le lac Tritonis. On ajoute que les Libyens voisins du lac, ayant appris cette réponse de l'oracle, cachèrent le trépied.

« Immédiatement après les Machlyes, on trouve les Auséens. Ces deux nations habitent au lac Tritonis, mais elles sont séparées par le fleuve Triton. Les Machlyes laissent croître leurs cheveux sur le derrière de la tête et les Auséens sur le devant. Dans une fête que ces peuples célèbrent tous les ans, en l'honneur de Minerve, les filles, partagées, en deux troupes se battent les unes contre les autres à coups de pierres et de bâtons. Elles disent que ces rites ont été institués par leurs pères en l'honneur de la déesse née dans leur pays, que nous appelons Minerve, et elles donnent le nom de fausses vierges à celles qui meurent de leurs blessures. Mais avant de cesser le combat elles revêtent d'une armure complète à la grecque celle qui, de l'aveu de toutes, s'est la plus distinguée; et lui ayant mis aussi sur la tête un casque à la corinthienne, elles la font monter sur un char et la promènent autour du lac. Je ne sais de quelle façon ils armaient autrefois leurs filles, avant que les Grecs eussent établi des colonies autour d'eux. Je pense cependant que c'était à la manière des Égyptiens. Je suis en effet d'avis que le bouclier et le casque sont venus d'Égypte chez les Grecs. Il prétendent que Minerve est fille de Neptune et de la nymphe du lac Tritonis, et qu'ayant eu quelque sujet de plainte contre son père elle se donna à Jupiter qui l'adopta pour sa fille. Les femmes sont en commun chez ces peuples, elles ne demeurent point avec les hommes. Les enfants sont élevés par leurs mères; quand ils sont grands, on les mène à une assemblée que les hommes tiennent tous les trois mois, et on déclare que chaque enfant a pour père l'homme auquel il ressemble le plus.

« Tels sont les peuples nomades qui habitent les côtes maritimes de la Libye, contrée pleine de bêtes féroces, au delà de laquelle est une élévation sablonneuse qui s'étend depuis Thèbes, en Égypte, jusqu'aux colonnes d'Hercule.

« On trouve dans ce pays sablonneux, environ de dix journées en dix journées, de gros quartiers de sel sur des collines. Du haut de chacune de ces collines, on voit jaillir, au milieu du sel, une eau fraîche et douce. Autour de cette eau on trouve des habitants qui sont les derniers du côté des déserts, et au-dessus de la Libye sauvage. Les premiers qu'on y rencontre, en venant de Thèbes, sont les Ammoniens, à dix journées de cette ville. Ils ont un temple et des rites qu'ils ont empruntés de celui de Jupiter Thébéen. Il y a en effet à Thèbes, comme je l'ai déjà dit, une statue de Jupiter avec une tête de bélier.

« Entre autres fontaines, ils en ont une dont l'eau est tiède au point du jour, fraîche à l'heure du marché, et entièrement froide à midi; aussi ont-ils soin, à cette heure, d'arroser leurs jardins. A mesure que le jour baisse elle devient moins froide jusqu'au coucher du soleil, où elle est tiède. Elle s'échauffe ensuite de plus en plus, jusqu'à ce qu'on approche du milieu de la nuit : alors elle bout à gros bouillons. Lorsque le milieu de la nuit est passé, elle se refroidit jusqu'au lever de l'aurore : on l'appelle la fontaine du Soleil.

« A dix autres journées de chemin après les Ammoniens, on trouve, sur cette élévation de sable, une autre colline de sel, semblable à celle qu'on voit chez les Ammoniens, avec une source d'eau. Ce canton est habité, il s'appelle Augila : c'est là que les Nasamons vont, en automne, recueillir les dattes.

« A dix autres journées du territoire d'Augila, on

rencontre une autre colline de sel avec de l'eau, et une
grande quantité de palmiers portant des fruits, comme
dans les autres endroits dont je viens de parler. Les
Garamantes, nation fort nombreuse, habitent ce pays.
Ils répandent de la terre sur le sel et sèment ensuite.

« Il n'y a pas loin d'ici chez les Lotophages; mais du
pays de ceux-ci, il y a trente journées de chemin jusqu'à celui où l'on voit ces sortes de bœufs qui paissent
en marchant à reculons. Ces animaux paissent de la
sorte parce qu'ils ont les cornes rabattues en avant, et
c'est pour cela qu'ils vont à reculons quand ils paissent;
car ils ne peuvent alors marcher en avant, attendu que
leurs cornes s'enfonceraient dans la terre. Ils ne diffèrent
des autres bœufs qu'en cela et en ce qu'ils ont le cuir
plus épais et plus souple. Ces Garamantes font la chasse
aux Troglodytes-Éthiopiens; ils se servent pour cela de
chars à quatre chevaux. Les Troglodytes-Éthiopiens
sont, en effet, les plus légers à la course de tous les
peuples dont nous ayons jamais ouï parler. Ils vivent
de serpents, de lézards et d'autres reptiles; ils parlent
une langue qui n'a rien de commun avec celles des
autres nations; on croit entendre le cri des chauves-
souris.

« A dix journées pareillement des Garamantes, on
trouve une autre colline de sel, avec une fontaine et des
hommes alentour... Réunis en corps de nation, ils

s'appellent Atarantes, mais les individus n'ont point, que je sache, de noms propres qui les distinguent les uns des autres. Ils maudissent le soleil lorsqu'il est à son plus haut point d'élévation et de force et lui disent toutes sortes d'injures, parce qu'il les brûle, eux et leur pays. A dix autres journées de chemin, on rencontre une autre colline de sel, avec de l'eau et des habitants aux environs. Le mont Atlas touche à cette colline. Il est étroit et rond de tous les côtés, mais si haut, qu'il est, dit-on, impossible d'en voir le sommet, à cause des nuages dont il est toujours couvert l'été comme l'hiver. Les habitants du pays disent que c'est une colonne du ciel. Ils ont pris de cette montagne le nom d'Atlantes. On dit qu'ils ne mangent de rien qui ait eu vie, et qu'ils n'ont jamais de songes.

« Je connais le nom de ceux qui habitent cette élévation jusqu'aux Atlantes; mais je n'en puis dire autant de ceux qui sont au delà. Cette élévation s'étend jusqu'aux colonnes d'Hercule, et même par delà. De dix journées en dix journées on y trouve des mines de sel et des habitants. Les maisons de tous ces peuples sont bâties de quartiers de sel; il ne pleut, en effet, jamais dans cette partie de la Libye; autrement, les murailles des maisons, étant de sel, tomberaient bientôt en ruine. On tire de ces mines deux sortes de sel, l'un blanc, et l'autre couleur de pourpre. Au-dessus de cette éléva-

tion sablonneuse, vers le midi et l'intérieur de la Libye
on ne trouve qu'un affreux désert où il n'y a ni eau, ni
bois, ni bêtes sauvages et où il ne tombe ni pluie, ni
rosée.

« Tout le pays qui s'étend depuis l'Égypte jusqu'au
lac Tritonis est habité par des Libyens nomades qui
vivent de chair et de lait. Ils ne mangent point de
vaches, non plus que les Égyptiens, et ne se nourrissent
point de porcs.

« Les femmes de Cyrène ne se croient pas non plus
permis de manger de la vache, par respect pour la
déesse Isis, qu'on adore en Égypte; elles jeûnent même
et célèbrent des fêtes solennelles en son honneur. Les
femmes de Barcé non seulement ne mangent point de
vache, mais elles s'abstiennent de manger de la chair de
porc. Telles sont les mœurs de cette contrée.

« Les peuples à l'occident du lac Tritonis ne sont
point nomades, ils n'ont point les mêmes usages et ne
font pas à leurs enfants ce qu'observent à l'égard des
leurs les Libyens nomades. Quand les enfants des
Libyens nomades ont atteint l'âge de quatre ans, ils
brûlent les veines du haut de la tête, et quelques-uns
celles des tempes, avec de la laine qui n'a point été
dégraissée. Je ne puis assurer que tous ces peuples
nomades suivent cet usage, mais il est pratiqué par
plusieurs. Ils prétendent que cette opération les met,

par la suite, à l'abri des écoulements de la pituite et
qu'elle leur procure une santé parfaite. En effet, entre
tous les peuples que nous connaissons, il n'y en a point
qui soient plus sains que les Libyens, mais je n'oserais
assurer qu'ils en soient redevables à cette opération. Si
leurs enfants ont des spasmes pendant qu'on les brûle,
ils les arrosent avec de l'urine de bouc : c'est un remède
spécifique; au reste je ne fais que rapporter ce que
disent les Libyens.

« Les sacrifices des nomades se font de cette manière :
ils commencent par couper l'oreille de la victime,
comme prémices, et la jettent sur le faîte de leurs maisons ; cela fait ils lui tordent le cou : ils n'immolent des
victimes qu'au soleil et à la lune. Tous les Libyens font
des sacrifices à ces deux divinités; cependant ceux qui
habitent sur les bords du lac Tritonis en offrent aussi à
Minerve, ensuite à Triton et à Neptune, mais principalement à Minerve.

« Les Grecs ont emprunté des Libyennes l'habillement
et l'égide des statues de Minerve, excepté que l'habit
des Libyennes est la peau, et que les franges de leurs
égides ne sont pas des serpents, mais des bandes minces
de cuir : le reste de l'habillement est le même. Le nom
de ce vêtement prouve que l'habit des statues de Minerve
vient de Libye. Les femmes de ce pays portent, en effet,
par-dessus leurs habits, des peaux de chèvre sans poil,

garnies de franges et teintes en rouge. Les Grecs ont pris leurs égides de ces vêtements de peaux de chèvres. Je crois aussi que les cris perçants qu'on entend dans les temples de cette déesse tirent leur origine de ce pays. C'est, en effet, un usage constant parmi les Libyennes, et elles s'en acquittent avec grâce. C'est aussi des Libyens que les Grecs ont appris à atteler quatre chevaux à leurs chars.

« Les Libyens nomades enterrent leurs morts comme les Grecs; j'en excepte les Nasamons, qui les enterrent assis, ayant soin, quand quelqu'un rend le dernier soupir, de le tenir dans cette attitude, et prenant garde qu'il n'expire sur le dos. Leurs habitations sont portatives et faites d'asphodèles [1] entrelacés avec des joncs. Tels sont les usages de ces nations.

« A l'ouest du fleuve Triton, les Libyens laboureurs touchent aux Auséens ; ils ont des maisons et se nomment Maxyes. Il laissent croître leurs cheveux sur le côté droit de la tête, rasent le côté gauche, et se peignent le corps avec du vermillon : ils se disent

---

1. L'asphodèle est une plante de la famille des liliacées, et qui est en abondance sur les bords de la Méditerranée. Les tiges de l'espèce connue sous le nom d'asphodèle rameux sont assez élevées pour construire les habitations légères, ou du moins pour les couvrir. L'asphodèle était consacrée aux cérémonies funèbres, et les anciens supposaient que les morts s'en nourrissaient. Les prés où apparaissent les ombres des héros, dans le 11e livre de l'*Odyssée*, sont des prés d'asphodèles. (MIOT)

descendus des Troyens. Le pays qu'ils habitent, ainsi que le reste de la Libye occidentale, est beaucoup plus rempli de bêtes sauvages et couvert de bois, que celui des nomades ; car la partie de la Libye orientale qu'habitent les nomades est basse et sablonneuse jusqu'au fleuve Triton. Mais depuis ce fleuve en allant vers le couchant, le pays occupé par des laboureurs est très montagneux, couvert de bois et plein de bêtes sauvages.

C'est dans cette partie occidentale de la Libye que se trouvent des serpents d'une grandeur prodigieuse, des lions, des éléphants, des ours, des aspics, des ânes qui ont des cornes [2] des cynocéphales (têtes de chien) et des acéphales (sans tête), qui ont, si l'on en croit les Libyens, les yeux à la poitrine.

« On y voit aussi des hommes et des femmes sauvages et une multitude de bêtes féroces que l'on croit fabuleuses, et qui existent réellement.

« Dans le pays des nomades, on ne trouve aucun de ces animaux, mais il y en a d'autres tels que des pygarges, des chevreuils, des buffles, des ânes, non pas de cette espèce d'ânes qui ont des cornes, mais d'une autre qui

---

2. Aristote parle d'ânes qui n'ont qu'une corne. C'est l'âne d'Inde, mais comme il n'en parle que sur le rapport d'autrui, il y a grande apparence qu'il a puisé ce qu'il en dit dans l'histoire de l'Inde par Ctésias.

ne boit point. On y voit aussi des urus qui sont de la
grandeur du bœuf. On se sert des cornes de cet animal
pour faire les coudes des cithares. Il y a aussi des
renards, des hyènes, des porcs-épics, des béliers sauvages, des dictyes, des thoès [1], des panthères, des boryes,
des crocodiles terrestres qui ont environ trois coudées
de long et qui ressemblent au lézard, des autruches et
de petits serpents qui ont chacun une corne. Tous ces
animaux sont particuliers à cette contrée, et outre cela,
on y voit tous ceux qui se trouvent ailleurs, excepté le
cerf et le sanglier. Car il n'y a ni sangliers, ni cerfs en
Libye. On y voit aussi trois sortes de rats, les dipodes,
les legeries, noms libyens qui signifient en notre langue
des collines. Les rats de la troisième espèce s'appellent
hérissons. Il naît, outre cela, dans le Silphium des belettes
qui ressemblent à celles de Tartessus. Telles sont, autant
que j'ai pu le savoir par les plus exactes recherches, les
espèces d'animaux qu'on voit chez les Libyens nomades.

« Les Zauèces touchent aux Libyens-Maxyes; quand
ils sont en guerre, les femmes conduisent les chars.

« Les Gyzantes habitent immédiatement après les

---

1. Homère parle ainsi du thoès; cet animal paraît être le cha-
cal. Il est d'une couleur plus obscure que le renard et à peu
près de la même grandeur. Il glapit aussi de même que cet
animal.

Zauèces. Les abeilles font dans leur pays une prodigieuse quantité de miel, mais on dit qu'il s'y en fait
beaucoup plus encore par les mains et l'industrie des
hommes. Les Gyzantes se peignent tous avec du vermillon et mangent des singes ; ces animaux sont très
communs dans leurs montagnes.

« Auprès de ce pays est, au rapport des Carthaginois,
une île fort étroite, appelée Cyraunis : elle a deux cents
stades de long. On y passe aisément du continent ; elle
est toute couverte d'oliviers et de vignes. Il y a dans
cette île un lac, de la vase duquel les filles du pays
tirent des paillettes d'or au moyen de plumes d'oiseaux
frottées de poix. J'ignore si le fait est vrai ; je me
contente de rapporter ce qu'on dit. Cependant cela
pourrait être, puisque j'ai vu moi-même, la manière
dont on tire la poix d'un lac de Zacynthe. Cette île
renferme plusieurs lacs ; le plus grand a soixante-dix
pieds en tous sens, sur deux orgyies de profondeur. On
enfonce dans ce lac une perche à l'extrémité de laquelle
est attachée une branche de myrte ; on retire ensuite cette
branche avec de la poix qui a l'odeur du bitume, mais
qui d'ailleurs vaut mieux que celle de Piérie. On jette
cette poix dans une fosse creusée près du lac, et, quand
on y en a amassé une quantité considérable, on la retire
de la fosse pour la mettre dans des amphores. Tout ce
qui tombe dans le lac passe sous terre, et reparaît quel-

que temps après dans la mer quoiqu'elle soit éloignée du lac d'environ quatre stades. Ainsi ce qu'on raconte de l'île qui est près de la Lybie peut être vrai.

« Les Carthaginois disent qu'au delà des colonnes d'Hercule il y a un pays habité où ils vont faire le commerce. Quand ils sont arrivés, ils tirent leurs marchandises de leurs vaisseaux et les rangent le long du rivage : ils remontent ensuite sur leurs bâtiments, où ils font beaucoup de fumée. Les naturels du pays, apercevant cette fumée, viennent sur le bord de la mer, et s'éloignent après avoir mis de l'or pour le prix des marchandises. Les Carthaginois sortent alors de leurs vaisseaux, examinent la quantité d'or qu'on a apportée, et si elle leur paraît répondre au prix de leurs marchandises, l'emportent et s'en vont. Mais s'il n'y en a pas pour leur valeur, ils attendent tranquillement de nouvelles offres. Les autres reviennent ensuite et ajoutent quelque chose, jusqu'à ce que les Carthaginois soient contents. Ils ne se font jamais tort les uns aux autres. Les Carthaginois ne touchent point à l'or, à moins qu'il n'y en ait pour la valeur de leurs marchandises, et ceux du pays n'emportent point les marchandises avant que les Carthaginois n'aient enlevé l'or.

« Tels sont les peuples de Libye dont je peux dire les noms. La plupart ne tenaient pas alors plus de compte du roi des Mèdes qu'ils ne le font encore à

présent. J'ajoute que ce pays est habité par quatre
nations, et qu'autant que je puis le savoir, il n'y en a
pas davantage. De ces quatre nations, deux sont indigènes et deux sont étrangères. Les indigènes sont les
Libyens et les Éthiopiens; ceux-là habitent la partie de
Libye qui est au nord et ceux-ci celle qui est au midi :
les deux nations étrangères sont les Phéniciens et les
Grecs.

« Quant à la beauté du terroir, la Libye ne peut à
ce qu'il me semble, être comparée ni à l'Asie, ni à
l'Europe ; j'en excepte seulement le Cinyps, pays qui
porte le même nom que le fleuve dont il est arrosé. Il
peut entrer en parallèle avec les meilleures terres à
blé : aussi ne ressemble-t-il en rien au reste de la Libye.
C'est une terre noire et arrosée de plusieurs sources :
elle n'a rien à craindre de la sécheresse et les pluies
excessives ne faisant que l'abreuver, elle n'en souffre
aucun dommage ; il pleut en effet dans cette partie de
la Libye. Ce pays rapporte autant de grains que la
Babylonie. Celui des Évespérides est aussi un excellent
pays. Dans les années où les terres se surpassent elles-
même en fécondité, elles rendent le centuple, mais le
Cinyps rapporte environ trois cents pour un.

« La Cyrénaïque est le pays le plus élevé de cette
partie de la Libye habitée par les nomades. Il y a trois
saisons admirables pour la récolte: on commence la

moisson et la vendange sur les bords de la mer ; on passe ensuite au milieu du pays, qu'on appelle les Bunes (collines) : le blé et le raisin sont alors mûrs et ne demandent qu'à être recueillis. Pendant qu'on fait la récolte du milieu des terres, les productions de la partie la plus haute de tout le pays viennent à maturité. On a, par conséquent, mangé les premiers grains, et l'on a bu les premiers vins, lorsque la dernière récolte arrive. Ces récoltes occupent les Cyrénéens huit mois de l'année. Mais en voilà assez sur ce pays. »

On voit quelles étranges idées étaient celles des anciens sur l'Afrique. Toutes ces légendes n'avaient été recueillies évidemment que par ouï-dire, et à les lire, on comprend mieux l'immense progrès fait aujourd'hui par l'esprit de précision et d'expérience qui préside aux explorations.

Cependant, avant d'arriver aux périodes modernes, il est encore un document curieux sur lequel nous appellerons l'attention des lecteurs désireux de connaître à fond l'histoire des découvertes africaines.

Les Phéniciens fondèrent Carthage là où existaient déjà Utique et Tunis (Tuneta). Voici, d'après les traditions, quelle fut l'origine de cette ville, si célèbre depuis pendant plusieurs siècles. Il y avait à Tyr un personnage important par sa position et sa fortune, un prêtre de Malcarth ou Hercule, la divinité du pays. Le roi qui

gouvernait alors la capitale de la confédération phéni-
cienne devint jaloux de l'influence de ce prêtre, et voulut s'approprier ses richesses : il le tua. Indignés et
effrayés tout à la fois de cet acte de violence, un grand
nombre de citoyens prirent la résolution de s'expatrier
avec la veuve de ce prêtre, nommée Élissa. Ils abor-
dèrent sur la côte d'Afrique, dans la baie de Tunis ; les
habitants leur cédèrent, moyennant un tribut annuel,
une langue de terre s'avançant dans la mer, où ils
élevèrent un fort nommé Betzura[1], — la citadelle, —
nom dont les Grecs firent Byrza, qui signifiait peau de
bœuf dans leur langage.

C'est ce nom de Byrza qui a donné naissance à la fable,
accréditée par les Romains, du marché fait par Didon
avec les Libyens ; ceux-ci, lui ayant accordé le droit
illusoire de construire une ville sur l'emplacement que
pourrait enceindre une peau de bœuf. Didon aurait fait
découper cette peau en une fine et longue lanière dont
le développement continu aurait marqué le circuit de la
ville nouvelle.

Comme nous ne voulons pas faire ici exclusivement
de l'histoire, nous ne nous arrêterons pas sur l'organi-

---

1. Les historiens anciens assignent à la fondation de Carthage
diverses dates ; les uns la font remonter à l'an 1134 avant Jésus-
Christ, trente ans après la prise de Troie ; les autres en 878 ;
d'autres encore en 826 ; quelques-uns enfin en 816.

sation gouvernementale des Carthaginois, composée de démocratie et d'aristocratie, mais où ce dernier élément dominait.

Après s'être emparée d'une partie du commerce du centre de l'Afrique, Carthage fonda diverses colonies : sur les côtes de l'Océan, à Cadix ; sur celles de la Méditerranée, en Espagne, dans les îles Baléares, en Sardaigne, en Corse, où elle ne posséda jamais d'établissement bien solide ; en Sicile, où les Grecs et les Phéniciens avaient précédé ses navigateurs.

Diodore de Sicile constate que les Carthaginois découvrirent Madère.

Il paraît également avéré, d'une façon incontestable, qu'ils touchèrent aux îles Fortunées, aujourd'hui les Canaries ; ils avaient donné à une de ces îles le nom d'Astarié, que les Grecs rendaient par son équivalent de leur langue, Junonia.

Ils faisaient de longs voyages dans l'Atlantique.

Où s'étendaient les limites de ces excursions commerciales ? D'après quelques-uns, elles ne dépassaient pas le cap Bojador au midi, et la Grande-Bretagne au nord ; d'autres veulent qu'ils aient poussé jusque dans la Guinée, sur le littoral africain, et jusqu'à la Vistule, aux côtes de la Scandinavie au nord ; il en est, enfin, qui émettent l'opinion, qui demeure toujours à l'état d'hypothèse, qu'ils auraient hardiment traversé tout l'océan Atlantique et abordé au continent américain.

Environ en l'année 450 [2] avant notre ère, les Carthaginois ordonnèrent deux voyages d'exploration dont les
historiens grecs nous ont conservé succinctement les
détails :

Pline nous apprend que le chef d'une de leurs flottes,
Himilcon, dut se diriger dans l'Atlantique. D'après un
poème historique de Fœstus Avenicus, puisé aux traditions carthaginoises, Himilcon aurait traversé la baie
atlantique, entre les caps Trafalgar et Saint-Vincent;
parvenu dans la baie Œstrymnone, il y aurait découvert plusieurs îles habitées par un peuple actif, indus-
trieux et hardi, naviguant dans des esquifs couverts de
cuir ou de peaux non tannées, vendant du plomb et de
l'étain. Quelles étaient ces îles Œstrymniennes? Généralement on suppose que c'étaient les Cessitérides des
anciens, c'est-à-dire les Sorlingues de nos jours. Cependant celles-ci ne produisent ni plomb ni étain; mais
elles pouvaient s'en procurer par leur trafic avec le
Cornouailles.

2. La date de l'expédition d'Hannon et sa simultanéité avec
celle d'Himilcon sont de la part des savants l'objet de bien des
incertitudes, de bien des contestations. — Gosselin reporte cette
date mille ans avant notre ère ; Bougainville lui assigne l'année
570; Brequigny l'an 500 environ; d'autres la placent en 460, en
452, en 407, en 340; enfin ceux qui, comme Fabricius, la rap-
prochent le plus de notre ère, la fixent à l'an 300.

Himilcon aurait mis quatre mois pour se rendre dans ces îles, retardé qu'il aurait été par les plantes marines, par le calme des eaux, par des monstres marins. Plus à l'ouest. Himilcon, dont le récit est ici taxé d'imaginaire, aurait trouvé la mer impénétrable, parce qu'il n'y avait plus de vent et qu'il ne faisait plus jour. Faut-il conclure de là qu'Himilcon se serait approché des régions polaires, où les ténèbres règnent pendant six mois?

Voilà tout ce que nous savons de la navigation d'Himilcon; et comme beaucoup de navigateurs carthaginois, qui ont vécu à des époques assez éloignées l'une de l'autre, ont porté le même nom d'Himilcon, on a hasardé cette opinion que les courses maritimes de tous ces hommes de mer auraient été réunies en une seule, sous un seul nom.

Quoi qu'il en soit, il est certain que les habitants de Tartessus, dans la baie de Gibraltar, et les Carthaginois eux-mêmes, entretenaient des relations commerciales assez suivies avec ceux des îles où aborda Himilcon, et qu'ils en retiraient, en effet, du plomb, de l'étain et de l'ambre qu'y apportaient vraisemblablement les Normands.

A deux journées de navigation plus haut que les îles Œstrymniennes, Himilcon aurait trouvé les îles des Hyberniens, dans le voisinage de celles des Albions.

Voici pour le voyage d'exploration d'Himilcon.

Vers la même époque, le suffète Hannon, amiral des armées navales de Carthage, fit une expédition dans une direction opposée, le long des côtes africaines, dont la connaissance ultérieure du monde des anciens est venue confirmer en quelque sorte l'authenticité.

Le voyage d'Hannon est connu sous le nom de *périple,* qui signifie, en grec, relation d'un voyage de circumnavigation.

Voici la traduction de cette brève relation :

Périple d'Hannon, général carthaginois, le long des côtes de la Libye, au delà des colonnes d'Hercule, déposé par lui-même dans le temple de Saturne.

« Hannon, amiral, navigua au delà des colonnes d'Hercule en vertu des ordres des Carthaginois, pour y fonder des cités qu'il nomma Libyphénicéennes.

« Il s'embarqua à la tête d'une flotte de soixante navires, chacun de cinquante rames, montés par trente mille personnes des deux sexes, bien approvisionnés de vivres et de tout ce qui leur était nécessaire.

« Nous arrivâmes aux colonnes d'Hercule, deux journées au-delà, au milieu d'un beau et grand pays, dont le sol était plat : nous édifiâmes une première ville, que nous nommâmes Thymatérion.

« De là, nous dirigeant vers le couchant, nous atteignîmes le promontoire de l'Afrique nommé Saloe, couvert de bois épais. Nous y séjournâmes et nous y avons élevé un temple, que nous avons dédié à Neptune.

« Nous recommençâmes ensuite à naviguer du côté du levant. Au bout d'une demi-journée, nous abordâmes aux environs d'un marécage situé près de la mer, couvert de grands roseaux; on y voyait un grand nombre d'éléphants et d'animaux sauvages, paissant sur ses bords.

« Une journée au delà de ce marécage, nous commençâmes à fonder, le long du rivage, diverses cités auxquelles nous donnâmes le nom de Gariacus Murus, Gytte, Acre, Mélite et Arambys.

« Continuant notre route, nous arrivâmes à l'embouchure d'un grand fleuve appelé Lixus [1], et qui descend de la Libye. Sur ses bords, les habitants du pays, nommés Lixiens, faisaient paître leurs troupeaux. Ils ne se refusèrent pas à entrer en relations d'amitié avec nous, pendant le séjour que nous avons fait parmi eux.

« Plus haut se trouve le pays des Ethiopiens sauvages, habitant, à l'intérieur des terres, un pays plein

1. D'après Gosselin, c'est aujourd'hui le Lucos, le fleuve près duquel s'élève la ville marocaine de Larache. Bougainville suppose, au contraire, que c'est la lagune appelée *Rio d'Ouro*, Rivière d'or, par les Portugais, et qui est située 350 lieues plus haut.

de bêtes sauvages, et coupé de hautes montagnes, d'où descend le Lixus. Dans ces montagnes, au dire des Lixiens, se trouvent des Troglodytes, hommes à l'aspect extraordinaire, habitant dans des cavernes, et plus prompts et plus agiles à la course que les chevaux eux-mêmes.

« Nous prîmes quelques Lixiens pour nous servir d'interprètes, et nous continuâmes à nous avancer en longeant une côte déserte et aride; après nous être dirigés vers le midi pendant deux jours, et du côté du levant pendant une journée, nous trouvâmes une petite île de cinq stades (huit cents mètres de tour), que nous appelâmes Cerné, et où nous établîmes une colonie.

« D'après notre estime, elle était à l'opposite de Carthage; nous avons fait, pour y arriver, depuis les colonnes d'Hercule autant de chemin que pour nous rendre de Carthage aux colonnes.

« Quittant cette île, nous trouvâmes l'embouchure d'un grand fleuve appelé Chretes (Crètes), et nous abordâmes dans trois îles plus vastes que celle de Cerné et placées au milieu d'un étang. Nous les côtoyâmes pendant une journée, et nous atteignîmes ainsi l'extrémité de cet étang, borné par plusieurs autres montagnes habitées par des hommes vêtus de peaux d'ours, de tigres et de lions. Ces hommes nous empêchèrent de les approcher et de descendre à terre, en

faisant pleuvoir sur nous des pierres, qu'ils lançaient
très adroitement.

« Nous passâmes outre, et, plus loin, nous mouil-
lâmes dans un fleuve grand et large où se trouvaient
beaucoup de crocodiles et d'hippopotames.

« Revenant ensuite sur nos pas, dans la direction du
midi, nous nous retrouvâmes, au bout de deux jours,
en face de Cerné, sans nous être trop éloignés de la
côte. Celle-ci, que nous suivîmes pendant douze jours,
était peuplée d'un grand nombre de noirs, qui fuyaient
effrayés à notre aspect : les Lixiens que nous avions
à notre bord ne comprenaient point le langage de ces
peuples.

« Le douzième jour, nous arrivâmes au pied de
grandes montagnes couvertes d'arbres élevés et dont
le bois de diverses couleurs était odoriférant. Nous
les longeâmes pendant deux jours au bout desquels,
après avoir traversé un golfe immense, nous aperçûmes une plaine ; durant la nuit, nous vîmes briller le
long des côtes des feux grands ou petits.

« Nous renouvelâmes là notre eau, puis, après une
nouvelle navigation de cinq jours, nous nous trouvâmes dans un autre grand golfe, que nos interprètes
appelaient la corne d'Hespérus ou du couchant. Nous
y découvrîmes une grande île, au sein de laquelle était
un lac d'eau salée ; au milieu de ce lac était une autre

île, où nous abordâmes; nous n'y aperçûmes, durant le jour, que des arbres et des forêts; mais la nuit on y voyait briller de grands feux, on y entendait des sons ressemblant à ceux des flûtes, des tambours et des cymbales, entremêlés de cris tellement épouvantables, que nos devins nous commandèrent d'abandonner cette île, ce que nous nous empressâmes de faire.

« Nous suivîmes une côte d'où s'exhalait un parfum odoriférant, des fleuves de feu en sortaient et descendaient à la mer : le sol était là tellement brûlant que l'on n'y pouvait poser les pieds, tant est grande la chaleur en ces contrées.

« Nous nous empressâmes de quitter ces lieux, et naviguâmes pendant quatre jours, apercevant la terre couverte de flammes pendant la nuit. L'un de ces feux, placé au milieu des autres, et bien plus considérable, semblait toucher aux étoiles; au jour, nous ne distinguâmes, à sa place, qu'une montagne très élevée, appelée Theon-Ochema, le char des dieux.

« Après une nouvelle navigation de trois jours le long de ce terrain de feu, nous nous trouvâmes devant un cap formant l'entrée d'un grand golfe, appelé Notuceras, ce qui signifie corne d'Auster.

« Dans la partie la plus profonde de ce golfe était une île en tout semblable à la précédente; elle contenait un lac, et une autre île au milieu de ce lac. Elle était habitée par un grand nombre d'hommes et de femmes sauvages que nos interprètes appelaient gorilles; ils avaient le corps tout velu. Nous poursuivîmes quelques-uns de ces hommes; mais, nous empêchant à coups de pierres de les approcher, ils se sauvaient à travers les précipices. Nous ne réussîmes à nous emparer que de trois de ces hommes; mais ils se défendirent tellement, mordant à belles dents, et déchirant à coups d'ongles, brisant leurs liens, qu'il fallut les tuer; alors nous les écorchâmes, pour rapporter leurs peaux à Carthage.

« Ici, nous voyant exposés à manquer de vivres, nous fûmes obligés de ne pas pousser plus loin, et de mettre fin à notre navigation. »

Tel est le périple d'Hannon, qui a exercé l'imagination de bien des commentateurs.

Pline nous apprend que deux des peaux des gorilles ou gorgones d'Hannon furent appendues au temple de Junon jusqu'à la ruine de Carthage.

Quand les Portugais se furent lancés résolument le long des côtes méridionales de l'Afrique, ils se rappelèrent la navigation d'Hannon, et, à la fin du xv° siècle, un de leurs pilotes, navigateur érudit, chercha à en établir la véracité par les concordances que nous allons reproduire ici.

D'après ce pilote, la ville édifiée par le capitaine carthaginois, sous le nom de Thymiatérion, serait aujour-
d'hui Azamore, sur les côtes du Maroc.

Ce pilote voyait le fleuve Lixus dans la rivière de Sus,
au pied du petit Atlas, et appuyait cette opinion sur
celle de Ptolomée.

Hannon aurait ensuite doublé le cap Nun, le cap Bojador et le cap Vert, d'où, suivant un pays désert et
sablonneux, il serait arrivé à l'île d'Arguin : la distance
des colonnes d'Hercule où il place l'îlot qu'il nomme
Cerné est, en effet, celle qui sépare l'île d'Arguin du
détroit de Gibraltar.

Hannon, se tenant le long du rivage du continent,
n'avait pu apercevoir les îles Fortunées. Cependant,
d'après Aristote, les Carthaginois avaient touché à l'une
d'elles, dont les arbres produisaient une multitude de
fruits; une partie de la population de Carthage aurait
même eu l'intention d'aller s'y établir, et, pour l'en
empêcher, le sénat carthaginois aurait dû défendre
l'émigration, sous peine de mort.

Revenons à Hannon. Le pilote portugais établissait
qu'il avait dû pénétrer dans un des bras du fleuve Saint-
Jean, une des nombreuses rivières qui se jettent dans
le golfe d'Arguin, et retourner à la mer par un autre de
ses bras.

Ce pilote trouvait, par l'examen et la comparaison,

que les hautes montagnes odoriférantes n'étaient autres
que le cap Vert, le plus beau de toute la côte, que de
son temps encore on appelait côte d'Éthiopie ; à l'appui
de cette démonstration, il invoquait encore la profondeur de la mer constatée par Hannon, profondeur que
l'on retrouve toujours au delà de ce cap.

Le pilote portugais, partageant l'erreur de son temps,
voyait les deux bras du Niger dans le grand fleuve visité
ensuite par Hannon, cours d'eau qui, dans la région où
il le fait parvenir, ne saurait être que le Sénégal et la
Gambie.

Il constatait également l'apparition de feux petits et
grands, pendant la nuit, que les voyageurs remarquaient
encore de son temps le long des côtes de Sénégambie,
de Gambie et au delà : il les expliquait par ce fait que
les nègres, demeurant enfermés tout le jour dans leurs
habitations, à cause de l'ardeur du soleil, circulaient
toute la nuit, fort obscure, on le sait, dans les régions
équinoxiales, avec des bûches allumées à la main. Il
aurait pu ajouter qu'ils sont dans la nécessité d'allumer
des feux pour écarter les bêtes féroces. Dans ces pro-
menades nocturnes, les nègres, d'après le pilote portugais, continuaient à faire un grand bruit, soit par leurs
cris, soit en soufflant dans des cornes, de façon à
effrayer ceux qui pouvaient les entendre.

D'après l'autorité que nous invoquons ici, l'île située

près de la corne d'Hespérie serait celle que les Portugais appellent île des Idoles.

La montagne de Sierra Leone, la seule élevée que l'on rencontre au delà, et qui semble toucher le ciel, serait le Char des Dieux d'Hannon.

Enfin, l'île aux marécages et aux hommes et femmes sauvages ressemblerait beaucoup, par sa description et la situation qu'Hannon lui donne, à celle de Fernando-Po.

Quant aux gorgones, ce pilote, après s'être demandé avec une certaine hésitation s'il n'aurait pas existé autrefois des êtres semblables, dont la forme se serait, de génération en génération, rapprochée complètement de l'espèce humaine, émettait les deux hypothèses que voici :

Ou bien Hannon avait voulu renchérir sur la fable des anciens, qui faisait arriver, à travers les airs, Persée dans cette île, où il aurait tranché la tête de Méduse en cherchant à donner, lui aussi, un cachet de merveilleux à sa relation, et en disant qu'il avait retrouvé les gorgones dans cette île.

Ou bien encore, ce qui était plus présumable, il aurait pris pour des femmes velues des femelles de singes d'une très grande espèce, comme il s'en trouve dans les régions africaines, et il aurait donné à ces grandes guenons le nom de gorilles ou gorgones.

Enfin, quant à l'effroi que les Carthaginois auraient

éprouvé en marchant sur un sol brûlant, il s'explique
parce que les anciens devaient supposer que plus on
avancerait vers la ligne équinoxiale, plus on trouverait
la terre cuite, brûlée comme par un brasier, par les
feux du soleil.

Maintenant, à côté de cette opinion, nous devons placer celle de Gosselin, qui, suivant pied à pied l'amiral
carthaginois, calculait jour par jour, heure par heure,
l'espace qu'il peut avoir parcouru avec son innombra-
ble flotte, et qui réduit le périple d'Hannon à une navigation de deux cent quarante lieues.

Gosselin voit le Lixus dans le Lucos de nos jours.

Il suppose que les villes ou comptoirs établis par
Hannon ont été élevés sur un espace d'une douzaine de
lieues au plus.

Il trouve Cerné dans l'îlot de Fédal, à trente-cinq
lieues du Lucos. Il donne à l'appui de cette opinion
celle de Ptolémée, qui place Cerné au sud de l'embouchure d'un fleuve appelé Sala; or, Cerné est près de
l'embouchure de la rivière encore connue sous le nom
de Sala.

Dans l'hypothèse de Gosselin, Hannon, qui croyait
que Carthage et Cerné étaient à une égale distance des
colonnes d'Hercule, n'aurait fait que soixante-douze
lieues après les avoir franchies, tandis que de Carthage,
pour s'y rendre, il y en avait environ deux cent cin-

quante en gagnant le large, ou cinq cents en tournant
les caps et s'enfonçant dans les anses formées par la
côte.

L'île d'Arguin étant à quatre cent cinquante lieues
des colonnes, Gosselin ne peut admettre qu'il faille
reconnaître en elle le Cerné d'Hannon.

Il voit dans le premier fleuve exploré par Hannon,
après avoir quitté Cerné, le Rébéta d'aujourd'hui, qui
coule sous les murs de Salé, et, dans l'étang où il a
pénétré, le lac des Nègres actuel; dans l'autre fleuve,
le fleuve Subu.

Le golfe de Sainte-Croix est, selon lui, le golfe profond traversé par le navigateur carthaginois. Enfin,
M. Gosselin pense que Hannon n'est parvenu qu'à l'extrémité du cap Nun, après une navigation de deux cent
quatorze lieues le long des côtes, navigation immense,
pour l'époque où elle fut entreprise.

Nous nous bornons à exposer les deux opinions oppo-
sées sur le périple d'Hannon.

De toutes ces hypothèses, des arguments nombreux,
invoqués de part et d'autre, et par ceux qui n'ont fait
que développer l'opinion du pilote portugais que nous
avons cité plus haut, et par ceux qui se rangent à
celle du savant Gosselin, il résulte clairement ce fait,
que le voyage d'Hannon ne saurait être traité de voyage
apocryphe.

Il nous a donc paru intéressant, malgré la sécheresse forcée des détails, de faire connaître à nos
lecteurs le périple d'Hannon, c'est-à-dire le premier
grand voyage maritime de découvertes sur lequel nous
ayons des données exactes et précises.

II

LES PREMIERS EXPLORATEURS. — L'ASSOCIATION POUR L'ABOLI-
TION DE L'ESCLAVAGE. — LEDYARD. — MUNGO-PARK.

Il nous faut franchir une longue série de siècles avant
d'obtenir sur l'Afrique quelques notions positives.
Certes les Arabes, poussés par l'esprit de commerce et
de conquête, pénétrèrent profondément dans le continent noir et leurs caravanes le sillonnèrent dans tous
les sens. Mais il est bien singulier que de ces explorations si nombreuses il ne soit pas resté une seule indi-
cation utile. Les peuples orientaux sont essentiellement
dépourvus de tout esprit d'analyse, ils voient mal,
sans s'attacher à aucun détail, et sans avoir non plus
l'esprit synthétique qui de ces constatations diverses
parvient à créer un ensemble.

Leurs érudits, El-Edrici en tête, ne donnent que des
renseignements erronés. Ils nous apprennent que le
Nil traverse le continent africain tout entier pour aller
se jeter dans l'océan Atlantique, qu'ils décorent du
nom poétique de mer des Ténèbres.

Les Portugais firent mieux, et surent tout au moins dominer toute une importante portion du pays, la Sénégambie. Mais, comme plus tard les Anglais et les Français, ils eurent le grand tort d'accepter comme exactes les relations fantaisistes des Arabes. Il est vrai que les premiers explorateurs de l'Afrique n'avaient d'autre pensée qu'un enrichissement rapide : c'était pour eux une terre de trésors gardés par des monstres, et les chevaliers errants qui s'y risquaient s'y doublaient de trafiquants de la pire espèce.

Pour tout dire d'un mot, la principale denrée qu'on tirait de l'Afrique, la seule, c'était l'homme, l'esclave. Arabes et Européens n'avaient d'autre objectif que de se livrer à ce commerce infâme et inhumain sur la plus grande échelle possible. Que leur importait la science, qui eût enrichi le patrimoine de l'humanité? Il était de leur intérêt de laisser l'ignorance planer sur ce continent qui leur servait de parc à bestiaux, et nous expions aujourd'hui encore le crime de ces hommes qui n'avaient d'humain que leur nom.

C'est aux Scandinaves que revient l'honneur d'avoir, dans la seconde moitié du xviiie siècle, dénoncé à l'Europe ce honteux trafic, et d'avoir rêvé l'émancipation de la race noire. Le docteur Isert et le colonel Roer, tous deux Danois, vinrent sur la côte d'Afrique installer des établissements agricoles, qui furent lieu d'asile pour les nègres traqués par les traitants. C'est de ces fondations que sont nées les colonies de Sierra-Leone et de Libéria.

Quelques années plus tard, un Anglais, James Ramsay, révéla les abus et les crimes auxquels donnait lieu la traite des nègres employés dans les colonies. Une lutte furieuse s'engagea entre les marchands de chair humaine et Ramsay, mais celui-ci ne se laissa pas intimider, et bientôt un mémoire, dû à Clarkson, apprit à l'Europe civilisée de quelles infamies se rendaient coupables des hommes qui se targuaient d'appartenir à des nations civilisées. Wilberforce mit le Parlement britannique en demeure d'intervenir et parvint à fonder une association pour l'abolition de la traite.

Cette association, — une des premières qui se soient consacrées à un objet véritablement méritoire, — rallia aussitôt les honnêtes gens de tous les partis. Le marquis d'Hastings en accepta la présidence, et le premier secrétaire fut sir Joseph Banks, le compagnon du fameux capitaine Cook.

L'Association fit appel aux explorateurs de bonne volonté, et le premier qui y répondit fut un Américain, Ledyard, qui avait vécu parmi les Peaux-Rouges, avait fait partie de l'expédition de Cook autour du monde, puis avait tenté de franchir à pied le détroit de Behring,

avait parcouru les régions du nord de l'Europe, la
Sibérie, — et qui ayant, on ne sait trop pourquoi,
éveillé les susceptibilités soupçonneuses de Cathe-
rine II, avait été chassé de Russie comme un malfaiteur.
Ce fut alors qu'il entra en relations avec sir Banks, qui
lui offrit de partir pour l'Afrique.

— Je partirai demain matin, répondit le brave
Ledyard, qui s'exprime ainsi dans une lettre à un ami :

« Je suis familiarisé avec la peine, j'ai enduré tous
les genres de besoin, toutes les souffrances, je sais ce
que c'est que de recevoir des aliments comme une charité
faite à un mendiant ou à un fou, et plus d'une fois je
me suis vu forcé de recourir à ce rôle abject, pour me
soustraire à des calamités plus affreuses. Ma détresse a
été plus grande que je ne l'ai jamais dit, que je ne le
dirai jamais à aucun homme. Les maux que j'ai souf-
ferts ne peuvent se peindre... Si je vis, je remplirai
fidèlement, et dans toute leur étendue, les engagements
que j'ai pris avec l'Association. Si je péris dans l'entreprise, mon honneur sera sauf, car la mort annule
toutes les obligations. »

Hélas! ces dernières lignes étaient prophétiques : à
peine Ledyard avait-il posé le pied sur le sol africain,
qu'il était enlevé par une fièvre bilieuse. A peine avait-il
eu le temps de parcourir une partie de la vallée du Nil,
et pourtant ses notes constituent le premier document

vraiment sérieux et utile qui nous ait été donné sur l'Afrique.

Ce fut un Écossais, Mungo-Park, qui s'offrit pour lui succéder.

Né à Fowshiels, près de Selkirk, en Écosse, le 10 septembre 1771, le jeune Mungo était destiné à l'état ecclésiastique ; mais il préféra étudier la médecine. A l'âge de vingt et un ans il était puissamment recommandé à la Compagnie des Indes, et celle-ci lui faisait faire, dans l'île de Sumatra, un voyage dont il fut de retour en 1792.

A cette époque, la Société géographique de Londres cherchait avec une louable émulation à soulever le voile mystérieux qui enveloppait l'un des moins connus et des plus grands fleuves de l'Afrique centrale, le Niger, le Nil des noirs; Hougton avait pénétré, à cet effet, dans la Nigritie, et au milieu de peuplades soupçonneuses ; il avait payé de sa vie sa tentative hasardeuse.

Cependant un homme se présenta pour reprendre et accomplir la tâche de Hougton, et affronter une mort certaine, ou tout au moins des fatigues, des peines et des mots inouïs, afin d'enrichir d'une certitude nouvelle la science géographique : c'était Mungo-Park. Jeune, actif, entreprenant, il avait toutes les qualités physiques et scientifiques pour accomplir cette mission. Elle lui fut confiée, et le 24 juin 1795, un navire britannique le déposait sur les rives de la Gambie.

Après s'être muni de tous les renseignements qui pouvaient l'aider pour son voyage, le jeune Mungo-Park quitta l'établissement anglais de Pisania, au delà duquel étaient des contrées où il ignorait l'accueil et le sort qui l'attendaient: quelques effets, quelques armes, quelques instruments pour déterminer la longitude et la latitude des pays qu'il traversait, deux domestiques nègres, connaissant les idiomes de ces régions, un cheval et deux ânes constituaient tout son équipage. Il arriva sans encombre, mais un peu dépouillé, un peu volé, dans les États du roi de Kaarta, après avoir traversé, dans la direction de l'est et du nord-est, des peuplades hospitalières et inoffensives, pour lesquelles la vue d'un blanc était un spectacle nouveau. Ce roi, qui eut pour lui les égards les plus affectueux, était en guerre avec celui de Bambara; il engagea Mungo-Park à attendre la fin de la guerre, avant de s'engager dans les États de celui-ci, qui pourrait le prendre pour un espion; mais la saison des pluies approchait, et pouvait arrêter la marche du hardi voyageur, impatient d'atteindre son but.

Il ne tint donc pas compte des avertissements de son hôte, et s'engagea sur la route de Ludamar, pays maure,

gouverné par un roi nommé Ali, l'allié de celui de
Bambara, et qui avait fait dire à Park qu'il l'autorisait
à traverser ses États ; deux jours encore, et il en était
sorti, lorsque tout à coup il est assailli, dépouillé,
pillé par les Maures, qui le conduisirent à leur souverain, à son camp de Benoun, puis à un autre camp,
au milieu des brûlantes solitudes du désert.

Traité par ce roi et par les Maures avec la plus
révoltante barbarie, en proie à une fièvre dévorante,
Mungo Park subit la plus cruelle captivité. « Ma
patience, ma résignation, écrit-il dans l'intéressante
relation de son voyage, que nous avons l'intention
de donner complètement, ne purent désarmer les
Maures ; depuis le lever du soleil jusqu'à son coucher,
j'étais obligé de souffrir, d'un air tranquille, les in-
sultes des sauvages les plus brutaux du monde. » Une
femme cependant, la femme d'Ali, eut pitié des souffrances de l'infortuné Européen, et grâce à elle il
obtint enfin une nourriture suffisante. Ali l'emmenait
à Djarra, où il se rendait, lorsque Mungo-Park réussit
à se soustraire à ses persécuteurs. Il se trouvait seul
dans des déserts inconnus, n'ayant que quelques effets,
sa boussole et son cheval, car Ali lui avait enlevé son
nègre Demba, et l'autre, Johnson, avait regagné la
Gambie. « J'étais, dit-il, au milieu d'un désert; il avait
perdu à mes yeux son aspect horrible ; je n'avais

d'autre crainte que celle de rencontrer quelques Maures
errants, qui m'auraient ramené dans le pays des
bandits et des assassins d'où je venais de m'enfuir. »

Cette crainte se réalisa en partie ; un détachement
de Maures trouvèrent Mungo-Park, mais ils se conten-
tèrent d'achever de le dépouiller. Le voilà donc continuant sa marche dans le désert, mourant de faim et
de soif, réduit à mâcher des feuilles amères et desse-
chées ; son cheval était, comme lui, exténué de
fatigue et de privations. Il dut la vie à la rencontre de
quelques nègres errants et fugitifs, qui lui donnèrent
quelques secours en échange desquels il n'avait plus à
leur offrir que les boutons de son habit.

Tant de souffrances devaient avoir leur récompense,
et le 20 juillet 1796, Mungo-Park découvrait les rives
si ardemment désirées du Niger, large comme la
Tamise, et coulant majestueusement vers l'est ainsi
qu'on l'avait supposé. « Je courus au bord du fleuve,
et après avoir bu de son eau, j'adressai à Dieu de fer-
ventes actions de grâces. »

C'est près de Sego, capitale du roi de Bambara, que
Mungo-Park était arrivé ; il se disposait à se rendre
dans cette ville, en traversant le Niger sur un bac,
quand le roi lui fit dire qu'il ne pouvait le recevoir
sans connaître le motif de son voyage, et l'invita à
aller se loger dans un village éloigné. Deux jours après

ce roi lui faisait dire de s'éloigner sur-le-champ, en lui envoyant un sac de 100 cauris pour payer ses dépenses.

Mungo-Park, obligé d'abandonner son cheval à Sansanding, sur les bords du Niger, descendit le cours du fleuve jusqu'à Silla ; pousser plus loin, dans l'état où il se trouvait, demi-nu, en proie à la fièvre, c'eût été plus que de la témérité, c'eût été de la folie. Il revint donc par la rive opposée du fleuve, pour regagner la Gambie par l'ouest, retrouva son cheval, fit un long détour pour éviter Sego, parce qu'il avait appris que le roi de Bambara, à l'instigation des Maures sans doute, avait donné l'ordre de l'arrêter. Il avait quitté le fleuve sacré des noirs à l'endroit où il cesse d'être navigable en se rapprochant de sa source.

Deux jours après, de nouvelles angoisses venaient assaillir Mungo-Park ; des nègres pillards lui enlevaient son cheval et le peu qui lui restait: il n'avait plus qu'à mourir ! Mais son courage ne l'abandonna pas, dans cette cruelle situation ; il se remit en marche, recouvra miraculeusement ses effets et son cheval, donna ce compagnon de toutes ses misères, en témoignage de sa reconnaissance, au chef d'un village hospitalier, et parvint enfin à gagner, le 16 septembre, le village de Kamalia.

La maladie et le temps l'y retinrent jusqu'au 19 avril

1797 ; mais, grâce aux soins touchants d'un marchand
d'esclaves, qui lui avait promis de le ramener dans la
Gambie dès que cela lui serait possible, le 12 juin 1798,
il regagnait, en effet, ce pays, et le 22 septembre suivant
il arrivait en Angleterre où ses découvertes et ses récits
produisirent la plus vive sensation. Il publia son
voyage, qui fut traduit en français par un écrivain
patient et consciencieux, M. Castéro d'Artigues, puis il
se maria et exerça la chirurgie.

Mais la passion des voyages a sa violence, comme
toutes les passions ; les regards de Mungo-Park se
tournaient souvent vers ces chaudes régions où il avait
souffert tant de maux, mais où aussi, seul, sans rien
au monde, n'ayant à donner que sa reconnaissance, il
avait trouvé tant de braves gens, tant de cœurs honnêtes et dévoués, s'empressant autour de lui, lui pro-
diguant leurs soins les plus touchant et le peu qu'ils
avaient. Entraîné par cette puissance des souvenirs, par
la glorieuse ambition d'agrandir la sphère de ses
découvertes, Mungo-Park résolut de se rendre de nouveau vers les rives de ce Niger qu'il affectionnait en
raison en quelque sorte de toutes les souffrances, de
toutes les privations qu'il avait eues à endurer pour
l'atteindre.

Le 30 janvier 1805, il abandonnait de nouveau la
Grande-Bretagne pour s'engager dans les mystérieuses

profondeurs de l'Afrique centrale. Cette fois Mungo-Park était à la tête d'une expédition composée d'un chirurgien, d'un dessinateur, de quatre charpentiers et de trente-cinq hommes d'artillerie, et fournie de tous les approvisionnements, de tous les instruments, de toutes les munitions nécessaires; un prêtre mandingue appelé Isaac se joignit à l'expédition à Keyi, sur la Gambie, et lui servit de guide.

Partie le 27 avril, l'expédition arrivait le 29 sur les bords du Niger, réduite, par les maladies qui avaient cruellement sévi dans ces climats sur les Européens, à un officier et trois hommes, dont un devenu fou et les autres en proie au plus profond découragement; elle avait aussi perdu toutes ses bêtes de somme. Après une longue attente, Mungo-Park obtint du roi du pays l'autorisation de construire une barque plate; deux pirogues lui servirent à la construction de cette barque, gréée en goélette, à laquelle il donna le nom du grand fleuve, *Dialiba* (Djolibat). Le 16 novembre, il écrivait les dernières lettres que l'on ait reçues de lui en Angleterre, lettres pleines de confiance dans l'issue de son aventureuse expédition, et depuis on n'eut plus de ses nouvelles. Le bruit de sa mort se répandit, en 1806, et malheureusement il n'était que trop réel.

C'est à Boussa, dans le royaume de Haoussa, que périt le malheureux Mungo-Park; des renseignements ultérieurs, et ceux recueillis plus tard par Clapperton et les frères Landers ne laissent aucun doute à cet égard. Ainsi, il avait descendu, dans sa plus vaste étendue, tout l'immense cours du Niger, revenant vers l'ouest par une vaste courbe, et il ne lui restait plus que quelques faibles efforts pour découvrir et atteindre son embouchure, dans le golfe de Benin, sur l'Océan. Le roi de Haoussa chercha à faire entendre aux voyageurs européens que je viens de nommer, que la mort de Mungo-Park fut le résultat d'un naufrage dans les rapides du fleuve ; les versions antérieurement recueillies constatent, au contraire, que l'illustre voyageur, n'ayant pas voulu payer à ce roi un droit de passage, fut assailli à coups de pierres et de javelots, du haut d'un rocher dominant l'endroit où la *Dialiba* était obligée de passer ; voyant ses compagnons tués ou blessés, il se précipita volontairement dans les flots pour ne pas tomber vivant dans les mains de ses agresseurs. Quels événements avaient accompagné sa navigation sans précédents ? quels peuples, quelles villes avait-il découverts ? quels avaient été ses rapports avec eux ? c'est là un mystère que la perte de ses papiers rendit longtemps impénétrable.

Quarante ans environ après sa mort, et lorsque la version universellement acceptée de son guide, Amadi-Fatouma, en plaçait la scène à Boussa, un voyageur

anglais, Duncan, avait appris qu'il existait encore, dans
le Dahomey, un des témoins oculaires de ce tragique
événement : aussitôt il était parti pour la ville qu'ha-
bitait celui-ci, traversant des contrées, des fleuves, des
montagnes, des populations complètement inconnues,
avec la seule préoccupation de rejoindre l'homme
dont on lui avait parlé. Il y parvint, en effet, et voici
le récit que lui fit (en 1846) Terrasso-Wia, riche marchand félan établi dans la ville d'Adafoudia :

« Terrasso-Wia raconta qu'il était un tout jeune
homme, établi à Yaourie, auprès du roi de cette ville,
ainsi que trois autres *malams* ou prêtres musulmans,
ses compatriotes, lorsqu'un homme blanc, de haute
taille et de noble apparence, descendit le Kouara dans
un large canot dont le centre était recouvert de nattes
en manière de tente. Il avait avec lui plusieurs hommes de sa couleur, et son canot contenait quelques
moutons, quelques chèvres et un peu de volaille pour
la nourriture de l'équipage.

« Ce voyageur était Mungo-Park, qui avait à son
bord un homme du voisinage de Yaourie, nommé
Amadi-Fatouma. Ayant accompagné quelque temps
auparavant une caravane de marchands jusqu'à une
ville très éloignée, dans le haut de la rivière, il y avait
rencontré Mungo-Park, qui l'avait engagé comme
guide. Arrivé à Yaourie, sa patrie, il quitta le canot,

mais non sans avoir reçu préalablement le prix de son engagement. Nourrissant de perfides desseins, cet homme engagea les voyageurs à s'arrêter à Yaourie, où, suivant lui, par son intermédiaire, ils pourraient se procurer à bon compte toutes les provisions dont ils avaient besoin pour continuer leur route. En conséquence, Park prit terre devant la ville, eut une audience du roi, qui lui vendit tout ce qui était nécessaire à l'approvisionnement de l'embarcation, et qui fut intégralement payé de ses fournitures.

« Cette affaire réglée, Park regagnait son canot et se préparait à quitter la rive, lorsqu'il vit accourir un messager du roi, qui l'avertit qu'Amadi-Fatouma venait de porter plainte à son maître contre les étrangers, accusant Mungo-Park de lui avoir refusé le salaire convenu entre eux, et de ne lui avoir donné que des coups en retour de ses services. Le héraut noir termina sa harangue en signifiant à Park qu'il était chargé de le retenir jusqu'à ce qu'il eût fait droit aux réclamations de son guide.

« Park repoussa l'accusation avec une indignation bien naturelle ; et, déterminé à ne pas se soumettre à une si grossière avanie, il regagna immédiatement son bord avec tout son monde. Là, il invita le messager à retourner vers son maître et à engager Amadi-Fatouma à venir lui faire sa réclamation en personne. Amadi vint en effet en compagnie d'un *mulam*, ou chef du culte, qu'accompagnait le narrateur Terrasso-Wia.

« Le nègre renouvela effrontément la demande de ses gages, soutenant que la convention qu'il avait faite avec les blancs n'avait pas été exécutée à son gré et selon son droit, quoique tous les gens de Park déclarassent hautement qu'ils avaient vu leur chef solder à Amadi ce qui lui revenait, et lui remettre même une gratification en sus. Selon l'opinion de Terrasso-Wia, il n'est pas douteux que le roi d'Yaourie, despote sans foi ni loi, n'ait encouragé et même poussé Amadi à élever cette fausse requête, et cette manière de voir était celle d'un grand nombre des assistants, qui, dit le témoin, *croyaient aux paroles de l'homme blanc.*

« Cependant, le roi ayant ordonné que force restât à ses résolutions, quand les gens de Park eurent détaché le câble qui amarrait leur barque à un arbre de la rive et voulurent gagner le milieu du fleuve, un des officiers du roi, saisissant le canot par un des anneaux du plat-bord, s'efforça de le retenir, en appelant à l'aide la foule présente. Park ayant alors abattu d'un coup de sabre la main de ce malheureux, quelques-uns des naturels, exaspérés, commencèrent, au milieu d'affreux hurlements, à faire pleuvoir sur les voyageurs une grêle de pierres et de traits. Forcé de se défendre,

Park fit feu sur cette multitude et en tua un bon nombre.

« Jusque-là il n'y avait pas eu dans l'attaque des nègres ensemble et animosité ; beaucoup même d'entre eux se fussent déclarés en faveur des étrangers, s'ils n'avaient été retenus par la crainte. Mais pendant qu'ils étaient encore hésitants, Park tomba mort, ou si grièvement blessé, qu'il expira dès qu'on l'eut transporté en présence du roi, qui prétendit regretter beaucoup d'avoir été contraint de recourir à une telle extrémité pour faire rendre justice à son sujet. Avec Park périrent tous ceux qui montaient l'embarcation.

« Terrasso-Wia, témoin de toute cette scène, déclara que, dans son opinion, Park aurait pu échapper sans autre accident que quelques coups de pierres, si, après avoir blessé l'officier yaourien, il avait immédiatement poussé au large. Questionné relativement aux récifs qui jusqu'ici ont été regardés comme la cause principale du désastre, il assura qu'il n'y avait pas de tels obstacles à la navigation d'une barque comme celle de Park, et qu'il n'y a en cet endroit qu'un courant rapide entre de grands blocs de granit, à travers lesquels il a passé chaque jour pendant deux mois consécutifs.

« Il affirma à plusieurs reprises que Park avait été enlevé encore vivant de son canot, mais qu'il ne pouvait déjà plus parler quand on l'amena devant le roi. Toute la cargaison du bateau fut saisie par celui-ci, qui en distribua une petite partie à ses courtisans. Terrasso-Wia eut pour sa part une petite boîte, qui, d'après sa description, devait être une tabatière.

« Quant aux papiers de l'infortuné voyageur, Terrasso-Wia affirma encore qu'une portion d'entre eux, et la plus importante, renfermée dans un rouleau de fer-blanc, avait été achetée à un haut prix par un marchand venu de Tripoli, trente-six mois après l'événement, et que le reste avait été partagé entre plusieurs malams qui en fabriquèrent des amulettes. »

III

DE MUNGO-PARK A CLAPPERTON. — HORNEMANN, NICHOLLS, ROUZÉE, BURCKHARDT. — DÉSASTRES DES EXPÉDITIONS TURKEY ET PEDDIC. — LA TRAITE DES NÈGRES.

La voie était ouverte, et de plus, l'attrait qu'exerçait sur l'imagination le continent qui hier encore était qualifié de mystérieux, s'augmentait des dangers courus par ceux qui avaient l'audace de vouloir pénétrer ses secrets.

Un Allemand, Hornemann, sollicita et obtint le mandat de l'Association africaine, et suivant le Nil, parcourut la route que déjà suivaient les caravanes au temps d'Hérodote, et il avait annoncé par sa correspondance qu'il allait pénétrer dans le Bornou, quand soudain, en 1800, il disparut, emporté sans doute dans une de ces sinistres catastrophes qui resteront toujours à l'état d'énigmes.

Que de héros, d'ailleurs, ont rougi de leur sang cette terre qui semble s'ouvrir pour engloutir les audacieux, assez hardis pour y poser le pied !

C'est, en 1805, Nicholls, un Anglais, qui débarque sur
la côte du Calabar, est bien accueilli par les indigènes, et
meurt quelque temps après de la fièvre ; puis Roentgers,
un Allemand d'une érudition remarquable et d'une
vigueur exceptionnelle, qui entreprit de se rendre de
Mogador à Tombouctou. Il parlait l'arabe, connaissait
à fond les coutumes de l'Orient, à ce point qu'il avait
conçu le projet, — comme plus tard Vambéry, — de se
faire passer pour musulman et de suivre la caravane du
Soudan. Il quitta Mogador en 1809, mais dès les premiers pas, victime soit du fanatisme, soit du banditisme
de ses compagnons de route, il fut assassiné.

C'est encore Badia, l'Espagnol, Rouzée, un Français,
Seetzen, un Saxon, Burckhardt, un Suisse, tous morts
sans avoir accompli la mission qu'ils avaient assu-
mée.

Cependant l'Association africaine ne renonçait pas
au but poursuivi. A la suite d'une entente avec l'ami-
rauté anglaise, elle organisa deux expéditions impor-
tantes : l'une, sous le commandement du capitaine
Turkey, devait remonter le fleuve du Congo ; l'autre,
commandée par le capitaine Peddie, devait marcher en
sens inverse pour rencontrer Turkey. Mais Turkey vit
sa route barrée par les cataractes, et mourut, épuisé
par les fièvres, voyant périr autour de lui tous ses compagnons européens. Ce fut un affreux désastre.

L'autre expédition avait tenté de franchir le Fouta-
Djallon ; mais son chef mourut dès les premiers jours,
laissant le commandement au capitaine Campbell, qui
se heurta à des guerres civiles contre les indigènes et
se vit contraint de reculer, après des pertes considérables. Et son désespoir fut tel qu'il arriva brisé sur les
côtes où il mourut. On voit encore à Kacondi, sur le Rio
Nunez, son tombeau et celui de Peddie.

Mais rien ne pouvait vaincre la ténacité des explorateurs. On réunit les débris de l'expédition sous les ordres
du major Gray, et l'ayant renforcée d'éléments impor-
tants, on la dirigea vers la Gambie, avec ordre de suivre
les traces de Mungo-Park. Mais à chaque pas, la caravane fut attaquée, pillée par les noirs qui la rançonnèrent
d'épouvantable façon : il est vrai que le major Gray
voulait se frayer sa route, sans avoir recours aux vio-
lences ordinaires. Mal lui en prit, car il dut se replier
devant ces hordes de barbares et mourut avant d'avoir
revu le drapeau de son pays.

Un Français fut le premier qui obtint un succès rela-
tif. Appuyé par le gouvernement de Napoléon, il parcourut le Fouta-Djallon, que M. de Lanoye appelle la
Suisse de l'Afrique, et rapporta de précieux renseignements sur la topographie de cette région et le cours du
Niger. Naturellement les sédentaires, qui accusent volontiers les explorateurs de mensonge ou tout au moins

d'exagération, se refusèrent à accepter les critiques que Gaspard Mollien ne leur épargnait pas. Et il fallut que ses observations fussent plus tard confirmées par les Anglais pour qu'en France on condescendît à les accepter.

Nous arrivon, au voyage du major Laing (1822).

Mais interrompons un instant ce martyrologe pour dire quelques mots de ce hideux commerce qui a nom la traite des nègres et qui a été, — il faut le dire à l'honneur de l'Europe, — la raison déterminante des efforts faits pendant de si longues années pour ramener les sauvages Africains à la civilisation. Et pourtant, c'est, hélas! à des Européens qu'est due l'extension prise par cette cruelle spéculation. Ce furent les Espagnols qui, au xvie siècle, s'imaginèrent de faire des contrats, dits *asientos* avec des négociants en chair humaine pour approvisionner de nègres leurs colonies d'outre-mer. Loin de s'opposer à ce trafic, les gouvernements de l'Europe cherchaient à s'en assurer les bénéfices : Charles-Quint en fit une des branches les plus lucratives du commerce des Flamands. Il y eut même d'étranges incidents. Le nombre des nègres, envoyés aux colonies, grandit tellement qu'à Saint-Domingue, ils se trouvèrent en force (1522) pour attaquer et tuer le gouverneur espagnol. Philippe II réunit, grâce à la traite, les sommes énormes qui lui furent nécessaires

pour l'expédition de l'Armada, et en vérité on se prend
à reconnaître un châtiment de la Justice immanente
dans le désastre de cette flotte, dont chaque navire était
payé avec du sang humain.

Un Portugais, Jean Coutinho, obtint aussi un contrat
qui l'obligeait à fournir par an 4,250 esclaves et à payer
au roi une rente de 160,000 ducats. Le contrat fut cédé
plus tard à son frère, puis en 1615 à un autre Portugais,
Antoine Delvas. Et ainsi la ferme de la traite passa de
mains en mains jusqu'au commencement du XVIIIe siècle,
où l'Angleterre arriva à la rescousse et se fit adjuger
l'*asiento* par lequel elle devait fournir 144,000 têtes
d'Inde, — c'était le mot consacré, — dans une période de
trente ans. Hélas ! de cette liste de trafiquants, il ne
nous est pas permis d'exclure la France, mais elle ne
fut jamais au même rang que l'Angleterre. Cependant,
douze jours encore avant la prise de la Bastille, en
juillet 1789, nous trouvons la traite sanctionnée par un
arrêt du Conseil d'État. Et ce fut la Convention qui, le
27 juillet 1793, décréta que « toutes les primes accor-
dées jusque-là pour la traite des esclaves étaient sup-
primées ». L'année suivante, un nouveau décret, qui est
une de nos gloires nationales, abolissait définitivement
l'esclavage. Ne parlons pas de l'odieux caprice de Napoléon 1er qui le rétablit en 1805 ; nous avons effacé cette
tache en 1848, mais toute la première moitié de ce

siècle fut souillée de nouveau, grâce à Napoléon, par
cette horrible honte.

Mais si, depuis de longues années, la traite est consi-
dérée comme criminelle, est-ce à dire qu'elle ait
disparu? Non pas. Ce commerce a pris des allures
clandestines et des misérables encaissent encore
d'énormes bénéfices aux dépens de l'humanité.

Voici, d'après M. de Lanoye, le décompte d'un
convoi d'esclaves :

Achat de 1,200 esclaves à 100 francs l'un.	120,000 fr.
Frais de voyage.	65,000 fr.
	185,000 fr.

Il en arrive environ vivants 850 qui se vendent l'un
dans l'autre 1,250 francs ; faites la soustraction et vous
trouvez un boni de 877,500 francs!

C'est au Brésil, aux Antilles, dans les États-Unis du
Sud que le commerce garda longtemps ses principaux
débouchés. Il a fallu des guerres sanglantes pour
extirper du sol américain cette exploitation criminelle.

Nous empruntons à M. de Lanoye l'histoire de celui
qu'on voudrait pouvoir appeler le dernier négrier.

« Écoutez, dit-il, sur le passé de cet homme la dépo-
sition d'une de ses victimes, une négresse, comme vous
avez pu en voir dans beaucoup de familles venues des
colonies, pauvres créatures, non classées ici-bas, en

dépit de notre Code civil, et qui traînent toujours quelques anneaux brisés de leur ancienne chaîne, sortes d'objets mobiliers, moitié camèristes, moitié jouets d'enfants, tant que dure leur jeunesse, peu après jetés aux rebuts, et qui au bout de quelques années de séjour dans notre froid climat, s'éteignent infailliblement de consomption.

« Tel était, tel fut le sort d'Inna ; c'est son témoignage que j'enregistre ici, après l'avoir entendu et transcrit non une seule fois, mais à plus de vingt reprises, sans que jamais la moindre variante de détail soit venue en infirmer le caractère de sincérité ; témoignage sans fiel, sans passion, simple exposé d'actes dont Inna avait souffert, sans doute, mais qui n'étaient, pour sa conscience africaine, que des conséquences naturelles d'un commerce et d'un ordre social qui ont reçu, eux aussi, du temps leur sceau de légitimité.

« Les plus lointains souvenirs d'Inna la reportaient au sein de paysages que j'ai su depuis être ceux qui entourent la grande lagune d'Ébrié. Chaque fois qu'elle évoquait devant sa pensée les vastes horizons de sa terre natale, sa parole ordinairement lourde, diffuse et traînante, acquérait subitement de la précision et de la clarté, sé chargeant de tons chauds qui eussent fait envie à un peintre ou à un poète :

« Tant de charmes puissants la patrie est ornée!

« Les grandes eaux où s'étaient mirés ses premiers regards lui apparaissaient tantôt épanouies en nappes immenses, réfléchissant dans leur cristal liquide le bleu intense du ciel africain et les contrastes splendides d'ombres, de couleurs et de lumières, de leurs rives surmontées de hautes collines, tantôt serpentant resserrées dans de longs et sinueux canaux sous les rameaux des bois. On eût dit, à l'entendre, qu'elle glissait encore dans de légères pirogues, entre les plus magnifiques aspects de la nature tropicale, ici abordant à de belles plantations de bananiers et d'ananas, là pénétrant sous d'épais rideaux de lianes, immense tapisserie de verdure et de fleurs, peuplée de myriades d'oiseaux au plumage soyeux et resplendissant, plus loin enfin se perdant sous de majestueux dômes de feuillage, si épais, si touffus, que les rayons du soleil ne peuvent y pénétrer. Dans ces retraites mystérieuses des eaux et des bois, sous ces voûtes fraîches et parfumées où l'imagination ramenait sans cesse la pauvre Inna, elle se revoyait toujours l'objet des soins et des égards d'une multitude de suivantes et d'esclaves, marchant attentives et respectueuses autour d'une femme jeune, belle et fille de roi, qu'elle appelait sa mère.

« Tel avait été le rêve des premières années d'Inna, rêve dont elle s'était réveillée dans l'entrepont fétide

3

d'un vaisseau négrier, épuisée d'effroi, de cris, de
larmes, et gisante aux côtés de sa mère ; de sa mère,
chargée de fers comme la dernière des esclaves et folle
de douleur.

« Voici comment la chose s'était passée : un roi voisin
et allié de la tribu d'Inna avait reçu en dépôt, d'un
négrier français, une certaine quantité de marchandises, qu'il s'était engagé à payer en jeunes esclaves.
Or, un roi, quelle que soit sa couleur, n'a qu'une
parole et doit se faire un point d'honneur de remplir
ponctuellement ses engagements ; celui-ci, pressé par
le temps, s'attendait à chaque instant à voir arriver
son créancier, et n'avait pas encore complété le nombre de captifs qu'il devait lui livrer. Jetant les yeux
autour de lui et passant en revue les tribus du voisinage sur lesquelles il pouvait prélever sa fourniture,
il choisit une petite peuplade agricole et commerçante,
du caractère le plus inoffensif, celle-là même dont la
mère d'Inna était princesse royale. Il distribue habilement ses guerriers, les dirige dans l'ombre vers les
hameaux condamnés ; puis tout à coup, dans le silence
de la nuit, au moment où toutes les victimes désignées
sont ensevelies dans le sommeil, une attaque simul-
tanée accomplit en une heure l'anéantissement de toute
la tribu.

« Tous les vieillards, tous les adultes des deux sexes,

égorgés sans pitié, trouvèrent leur tombeau sous les décombres de leurs cases incendiées ! La plupart des enfants en bas âge partagèrent leur sort, et l'on ne réserva que les jeunes hommes et les jeunes filles, monnaie de libre cours entre le vieux et le nouveau monde, et destinée à payer le marchand français. Celui-ci n'était autre que M***, mon numéro trois, l'homme de la Bourse, du passage de l'Opéra, ami lecteur!... et du banc d'œuvre de la paroisse de Saint ***, ma belle lectrice.

« Oh! mon Dieu, ce n'est pas qu'il fût méchant, me disait encore naïvement Inna ; ni à terre ni à bord, il ne maltraitait les pauvres nègres de propos délibéré. Si parfois, pendant la traversée, il faisait siffler autour d'eux le redoutable martinet à neuf branches, ce n'était que pour forcer à danser, à chanter, à se dégourdir enfin, ceux dont l'inaction minait la santé ; ce n'était que pour forcer à manger ceux qui menaçaient de se laisser mourir d'inanition ; mais jamais il n'employa à ses fins les charbons ardents et le plomb fondu dont se servent en pareil cas la plupart de ses confrères.

« On doit même reconnaître que, contrairement aux us et coutumes de ces derniers, jamais il ne se permit envers ses captives, ou ne toléra envers elles, de la part de son équipage, ces excès de brutalité qui dégradent la nature humaine.

« Non, répétait Inna, il n'était ni méchant ni dépravé, *mais il voulait devenir riche, devenir riche à tout prix et n'importe par quel moyen !*... Il le prouva bien dans ce même voyage, où toutes les chances tournèrent d'abord contre lui. A peine à mi-chemin, un tiers de sa cargaison lui est enlevé par le typhus; un autre tiers, mettant à profit la confusion et le relâchement de surveillance produits par la maladie, se précipite dans les flots et lui échappe par le suicide; lui-même enfin, peu de jours après, afin de prévenir les investigations de deux croiseurs qui le serrent de trop près pour lui laisser l'espoir de les éviter, lui-même est obligé de jeter à la mer ce qui lui reste de captifs, moins quelques jeunes femmes, dont Inna et sa mère, qu'il parvient à cacher adroitement dans des barriques vides. La situation est alors des plus critiques; il n'a plus assez de marchandises, plus assez de vivres pour regagner les ports de traite et s'y fournir d'un second chargement; rentrer chez lui à moitié ruiné, il ne peut y songer : que diraient ses commanditaires, et comment l'accueillerait sa femme, l'aigre et hautaine créole, à laquelle il a promis la fortune?

« Il sort de ces perplexités en se faisant croiseur à son tour; croiseur sans commission, sans pavillon, il est vrai; mais que voulez-vous ? de négrier à pirate la pente est si rapide, l'intervalle si facile à franchir!

« Il ne fut pas longtemps en quête de proie ; un hasard favorable, ou le souffle de Satan, poussa sur son passage un grand bâtiment portugais, venant de Mozambique et chargé d'esclaves, d'ivoire et de poudre d'or, pour une valeur de plusieurs millions. L'aborder brusquement, tuer à coups de fusil le capitaine et le subrécargue, poignarder quelques passagers intéressés dans la cargaison et s'emparer de leur héritage, fut pour notre homme l'affaire d'un instant. Deux heures plus tard, or, ivoire et esclaves, bien et dûment arrimés à son bord, voguaient vers les Antilles, tandis que ce qui restait de l'équipage portugais, enfermé dans la cale de la prise, criblée de voies d'eau habilement ménagées, allait porter plainte au fond de l'Océan[1].

« Les fermes, les forges, les bois, le château, les salons dorés de M... sont les fruits de ce coup de main. »

« Depuis lors ce personnage s'est fait philanthrope et négrophile ; j'aime à croire que, si les *prix* Monthyon eussent été d'un aussi bon rapport que la traite ou la piraterie, il aurait commencé par où il finit. Il prépare en ce moment une fête splendide dans le parc de M...; il doit y couronner des rosières et distribuer des prix aux fins laboureurs du canton : ce sera curieux et touchant. Ne manquez pas de vous y rendre, mon cher

---

1. *Rapports de l'Institution africaine.* App. G., p. 144.

lecteur, et vous aussi, mon bienveillant critique; il y
aura la matière à un brillant feuilleton. Quant à vous,
mon aimable lectrice, si mon récit vous causait sur ce
point la moindre hésitation, je la ferais cesser, je l'espère, en vous citant les paroles qu'à ce sujet même j'en-
tendis tomber naguère de la bouche d'une belle et ver-
tueuse dame qui a tout un essaim de charmantes jeunes
filles à produire dans le monde :

« Bah! si nous devions regarder de trop près sous
les coussins de soie et d'or où l'on fait asseoir nos enfants, nous ne les conduirions nulle part. »

La Société Géographique de Londres était décidée à
employer tous les moyens en son pouvoir pour arrêter
ce trafic humain. Il fallait avant tout pénétrer au cœur
même de l'Afrique, et un nouveau projet fut conçu pour
arriver au Bornou, en partant de l'oasis du Fezzan.

Cette expédition fut montée avec le plus grand soin
et confiée à trois hommes d'intelligence et de résolution : le docteur Oudney, naturaliste, le lieutenant de
vaisseau Clapperton, déjà connu par ses voyages au
Canada, et le major Denham qui avait fait vaillamment
son devoir dans les Indes.

On s'efforça de prendre toutes les précautions dési-
rables : ils furent pourvus abondamment d'armes et
d'instruments, de marchandises pour cadeaux, on leur
adjoignit un nombre important de serviteurs, et le

gouvernement anglais obtint du pacha de Tripoli une escorte de deux cents Arabes d'élite, placés sous les ordres d'un riche habitant de Mourzouk, appelé Bou-Khaloum.

Nous laissons ici la parole au major Denham.

IV

VOYAGE DU MAJOR DENHAM, DU DOCTEUR OUDNEY ET D'J
CAPITAINE CLAPPERTON. — DE MOURZOUK A KOUKA DANS
LE BORNUO.

Dans la soirée du 29 novembre 1822, dit le major
Denham, nous partîmes ⋉ Mourzouk : presque tous les
habitants de la ville qui étaient en état de se procurer
un cheval nous accompagnèrent. Nos chameaux étaient
partis de bonne heure, aussi nous trouvâmes nos tentes
dressées à Zezou, lieu qui ne consiste qu'en quelques
cabanes. De Zezou à Traghan, le chemin est bon ; le
terrain offre fréquemment des efflorescences salines.
Traghan, où nous arrivâmes avant midi, est une ville
murée, propre, et une des meilleures des cent neuf que
le Fezzan renferme, dit-on. Elle était autrefois aussi
riche que Mourzouk et la capitale des États d'un sultan
qui gouvernait la partie orientale du Fezzan. On voit
encore les ruines du château où il faisait sa résidence.

Un marabout, réputé pour sa grande sainteté, est le
principal personnage de Traghan : son père l'était

avant lui. Celui-ci, durant le règne du père du pacha actuel, allait au-devant des Arabes quand ils se présentaient devant la ville; il leur donna 60,000 piastres de son bien pour préserver les habitants du pillage. On fabrique à Traghan des tapis qui valent ceux de Constantinople.

Comblés des attentions de l'hospitalier marabout, nous allâmes de Traghan à Maefen, assemblage de cabanes de branchages de dattier; il n'y a qu'une seule maison. La route qui y mène passe par un terrain qui est un mélange de sable et de sel et dont l'apparence est réellement singulière : sa surface est remplie de fentes et en plusieurs endroits elle offre l'aspect d'un champ récemment labouré. Les mottes de terre sont si dures qu'on ne peut les briser qu'avec une peine extrême. Le chemin que suivent les animaux pendant plusieurs milles est étroit; ils l'ont uni à force d'y passer, sa surface dure et luisante le ferait prendre pour de la glace. Près de Maefen, le terrain prend un aspect nouveau et moins désagréable. Les fentes sont plus larges. On voit suspendus aux côtés des cavités de beaux cristaux attachés à un fond du blanc le plus pur.

Je cassai de grandes masses, mais l'intérieur était aussi fragile que le dehors était difficile à rompre. Le fond était de beau sel et tombait en miettes au plus léger ébranlement. Ce terrain a une étendue de plus de vingt milles de l'est à l'ouest. L'eau de Maefen, quoique fortement imprégnée de soude, n'est ni déplaisante au goût, ni insalubre.

Étant sortis de Maefen, nous sommes entrés bientôt dans une plaine déserte, et, après une terrible marche de quatorze heures pour les chameaux, nous sommes arrivés à Mestoula, *meten* ou lieu de repos, où ces animaux trouvent à brouter quelques touffes d'aghoul. Le lendemain nous fûmes debout au lever du soleil ; on voyagea encore dans une plaine déserte, où je crois que nous ne vîmes pas d'autres créatures vivantes que ceux qui appartenaient à notre kafila. Pas un oiseau, pas même un insecte. Le sable est très fin, rond et rouge. Nous voici à Gatrone. Les Arabes épient les grands dattiers qui environnent cette ville, de même que les matelots cherchent à découvrir la terre ; dès qu'ils ont aperçu ces signes, ils dirigent leur marche en conséquence.

Je rejoignis mes compagnons à Gatrone, leur santé ne les rendant pas propres à entreprendre un voyage long et pénible. Durant mon séjour à Mourzouk, j'avais beaucoup souffert d'une forte attaque de fièvre, qui m'avait tenu dix jours au lit ; mais quoique très affaibli, j'étais vigoureux en comparaison de mes associés. Le docteur Oudney était tourmenté de sa toux et se plai-

gnait toujours de son estomac ; M. Clapperton n'était
pas débarrassé de sa fièvre intermittente et Hillmann
avait eu deux attaques si violentes que le docteur l'avait
abandonné. Nous éprouvions tous le plus vif désir
d'avancer, et nous pensions que le changement de
scène et une température plus chaude nous remettraient
en train.

Gatrone est dans une situation agréable ; tout à
l'entour s'élèvent des collines de sable et des monticules de terre couverts d'un petit arbre appelé *athali*.
Des cabanes, bâties par les Tibbous, entourent la
ville. Quoique campés au sud, nous eûmes des vents
du nord et du nord-est qui étaient très froids ; le matin
le thermomètre, dans la tente, indiquait de $+4$ à $+5°$.
Le personnage le plus important de Gatrone est un
certain Hadji-el-Raschid, marchand et grand propriétaire, doué d'un esprit juste ; il a en même temps un
caractère aimable. Comme il met à profit la superstition
du peuple pour l'arracher à des habitudes vicieuses,
on lui pardonne presque de faire l'imposteur.

Nous avions fait une bonne provision de dattes à
Gatrone, d'où nous partîmes à onze heures du matin,
le 7 décembre. Le marabout accompagna Bou-Khaloum hors de la ville, et après avoir tracé sur le sable
un grand parallélogramme magique, il y écrivit des
mots du Koran d'une grande importance. La foule

silencieuse le regardait d'un air ébahi; quant à lui,
son air à la fois gracieux et imposant empêchait qu'on
eût la moindre idée de tourner son action en ridicule.
Quand il eut fini de réciter à haute voix le fetah, il
nous invita chacun, individuellement, à faire à cheval
le tour de l'espace consacré; on lui obéit, puis l'on se
mit en route silencieusement, sans même prononcer
un adieu.

On passa devant El-Bahhi, petit amas de cabanes,
sur la route, dans une jolie situation; toutes les femmes nous suivirent en chantant pendant plusieurs
milles. Ayant fait halte à Medrousa, nous en sortîmes
le lendemain matin, et laissant un château arabe au
sud-est, et des collines aplaties au sud et à l'est, nous
atteignîmes Kasrowa vers trois heures après-midi.

Des tertres assez hauts et couverts d'athali entourent
ce lieu; il y a un puits de bonne eau; une route qui
se dirige au sud-est et va au Kanem et au Ouaday. On
dit que c'est la plus courte pour aller au Bornou, mais
on y trouve bien peu d'eau.

Le 9, les Arabes commencèrent à escarmoucher dès
que nous fûmes en vue de Tegherby, et continuèrent
en dehors de la ville pendant une demi-heure après
notre arrivée.

Nous devions demeurer là un jour ou deux, afin d'y
prendre le reste de nos dattes et de nos provisions.

Jamais pause ne vint plus à propos. Hillmann, notre charpentier, et deux de nos domestiques étaient réellement trop malades pour être remués : deux avaient une fièvre ardente, et un la fièvre intermittente. Des attaques précédentes avaient tellement affaibli Hillmann, qu'on avait été obligé de le lever pour le placer sur son mulet. Réellement nous étions tous en pauvre état. Les maux du docteur Oudney étaient empirés. Ayant voulu aller seulement à quelques centaines de pas pour avoir un palmier dôme, il se sentit si fatigué, qu'après s'être étendu à terre, il fut contraint de s'en retourner soutenu par M. Clapperton. Nos domestiques ne pouvant nous servir, une négresse nous accommoda un plat de couscoussou avec un peu de graisse gardée qui avait été préparée à Mourzouk. Comme elle était rance, cela fit un triste repas. Je me couchai, et j'allais m'endormir ; mais quoique très las et manquant de force, je ne pus refuser une invitation que m'envoya Bou-Khaloum vers neuf heures du soir, de venir manger avec lui un cœur de chameau ; il était dur et coriace, aussi le lendemain je souffris de m'en être trop donné à ce régal.

Les Tibbous et les Arabes nous empêchèrent, par leurs chants et leurs danses, de dormir pendant la moitié de la nuit ; ils célébraient un bousafer, c'est-à-dire une fête pour leur entrée dans le pays des Tibbous;

Bou-Khaloum donna deux chameaux, nous en donnâmes un. Nos malades semblaient reprendre un peu de
force : nous achetâmes un mouton et nous fîmes du
bouillon, qui les ranima ; mais la crainte d'être obligés
de laisser en arrière Hillmann et un de nos domestiques
nous tourmentait. Quelque fâcheux qu'eût été un tel
événement, il était impossible à des hommes qui ne
pouvaient se tenir assis sur un mulet d'entreprendre
un voyage de quinze jours à travers un désert où l'on
est obligé de marcher depuis le lever du soleil jusqu'à
la nuit.

Le 12 décembre, le temps fut beau et doux.
A huit heures du matin le thermomètre marquait
56° (10°,66). Le déjeuner rendit des forces à tout le
monde, mais ·l'extrême faiblesse de M. Oudney et
d'Hillmann me désolait.

Je fis si bien que je dessinai une vue du château de
Tegherhy, prise de la rive méridionale d'un étang salé
contigu à cette ville. On entre à Tegherhy par un passage étroit, bas et voûté ; puis l'on trouve une seconde
muraille et une porte ; le mur est percé de meurtrières
qui rendraient très difficile l'entrée par le passage
resserré. Au-dessus de la seconde porte il y a aussi une
ouverture d'où l'on pourrait lancer sur les assaillants
des traits et des tisons enflammés, dont les Arabes faisaient autrefois un grand usage. Il y a dans l'intérieur

des murs des puits dont l'eau est assez bonne. Aussi, avec des munitions et des vivres, si cette place était réparée, je pense qu'elle pourrait faire une bonne défense.

Les sultans du Fezzan sont sans doute persuadés que pour tenir ces gens dans l'ordre il faut qu'ils soient pauvres. Leur terre ne produit que des dattes, mais elles sont excellentes; ils ne cultivent aucune plante potagère; nous ne pûmes pas même nous procurer un oignon. Il n'est presque pas de ville en Afrique qui n'ait sa merveille. Celle de Tegherhy est un puits en dehors et à côté de la porte du château. On nous raconta très sérieusement que son eau montait toujours quand une kafila s'approchait de la ville; dès que les habitants s'aperçoivent de la crue de l'eau, ils préparent ce qu'ils ont à vendre; car jamais cet indice ne les a trompés. Pour preuve de cette assertion, on me fit observer qu'avant notre arrivée l'eau était plus haute qu'en ce moment où nous nous trouvions sur le bord du puits. J'aurais pu expliquer cette différence par le nombre de chameaux qui étaient venus s'y abreuver, mais je jugeai qu'il était bien plus prudent de croire ce que chacun regardait comme vrai.

Bou-Khaloum lui-même s'écria : « Allah! Dieu est grand, puissant et sage! quel prodige! Ah! » Les habitants de Tegherhy racontent aussi qu'un chef ayant pénétré par le mur extérieur, une femme qui se tenait à l'ouverture, au-dessus de la porte intérieure, lui jeta une grosse pierre sur la tête et ce guerrier mourut ainsi de la même manière qu'Abiméleck.

La situation de Tegherhy est vraiment agréable; tout à l'entour croissent des dattiers, et l'eau y est excellente. Une chaîne de collines basses se prolonge à l'est. Les bécassines, les canards et les oies sauvages fréquentent les étangs salés qui sont près de la ville. Les habitants sont absolument noirs, mais n'ont pas la physionomie des nègres. Les hommes ont le visage mince et très plat, les pommettes des joues saillantes, le nez des nègres, la bouche grande, les dents gâtées par la quantité de tabac et de trona ou muriate de soude qu'ils mâchent. Si on leur donne du tabac en poudre, il passe aussitôt dans leur bouche.

Les jeunes filles sont pour la plupart jolies, moins cependant que celles de Gatrone. Les hommes portent toujours deux poignards, l'un de dix-huit pouces, l'autre de six pouces de longueur : celui-ci est attaché à un anneau qui orne le bras ou le poing. Un jour, un Tibbou, en me montrant le plus long, me dit : « C'est mon fusil, et ceci (indiquant le plus court), mon pistolet. » Les femmes façonnent avec beaucoup de délicatesse les feuilles de dattier, et en font des paniers et des jattes.

Le 13, on sortit de Tegherhy et l'on entra dans le désert; çà et là s'élevaient des monticules de terre et de sable, couverts de divers arbrisseaux, entre autres d'athali, que les chameaux mangent avec avidité. Au bout de six milles on dressa les tentes à Omah, puits où l'on s'arrêta pendant trois jours; il est entouré de dattiers.

Le 12, on s'avança de nouveau dans le désert, vers neuf heures il tomba une petite ondée de pluie; à trois heures après-midi on fit halte à Ghad; on avait parcouru dix milles. Le sable, près du puits d'Omah, était parsemé de nombreux ossements humains. Cette vue causa une sensation si pénible au pauvre Hillmann, que ce ne fut pas sans effort que je parvins à lui faire reprendre un peu courage.

On continua de cheminer dans une plaine pierreuse où l'on n'apercevait pas le moindre signe de végétation. Le chemin était jonché d'opales grossières et de grès.

Nous vîmes l'Aloweri-Seghir, chaîne de collines qui se dirige au sud; celle de l'Aloweri-el-Kébir, qui est plus haute, se trouve plus à l'est; nous ne la vîmes pas. Les indigènes disent qu'on n'en rencontre pas de plus élevées dans le pays des Tibbous, à l'exception de l'Ertcherdat-Erner. Les habitants qui sont plus au sud sont désignés par le nom de Tibbou Irtchad (Tibbous des rochers); des défilés qui traversent ces deux chaînes mènent au Kanem et au Ouaday.

Vers le coucher du soleil, on fit halte près d'un puits, à un demi-mille de Mechrou. Il y avait autour de notre campement plus de cent squelettes humains; la peau tenait encore à quelques-uns, les voyageurs n'avaient pas même jeté un peu de sable sur ces déplo- rables restes. L'horreur que je manifestais excita le rire des Arabes : « Bah! s'écrièrent-ils, ce n'étaient que des nègres : *Nambou!* » (malédiction à leurs pères), puis ils se mirent à remuer ces ossements avec le bout de leurs fusils, en disant avec la plus grande indiffé- rence : « Ceci était une femme; ceci était un homme! » La plus grande partie de ces infortunés dont les restes frappaient nos regards avaient formé l'année précé- dente le butin du sultan du Fezzan. On m'assura qu'à leur départ de Bornou, ils n'avaient qu'un quart de ration par individu, et qu'il en mourut plus de faim que de fatigue.

Ils marchaient enchaînés par le cou et par les jambes; les plus robustes seulement atteignirent le Fezzan dans un grand état de faiblesse; on les engraissa pour le marché de Tripoli.

Nos chameaux n'arrivèrent qu'à la nuit close; nous couchâmes en plein air au milieu de ces tristes débris de l'avarice humaine, après une longue journée de vingt-six milles, durant laquelle quelqu'un de notre troupe compta 107 de ces squelettes.

19. Nous avons marché à l'ouest en faisant le tour d'un défilé tournant. Après avoir monté à une hauteur de trois cents pieds, nous sommes descendus à l'est par une pente escarpée et sablonneuse. C'était un lieu pittoresque, la vue par derrière s'étendait vers Theni. Nous avons parcouru une plaine traversée par des collines basses. Pendant notre marche une belle naga (femelle de chameau) s'étant couchée à terre, je crus que c'était de fatigue. Les Arabes l'entourèrent et lui ôtèrent sa charge ; j'appris qu'elle avait été brusquement saisie de douleurs, et qu'en cinq minutes elle avait mis bas un joli petit animal ; on le plaça en travers d'un autre chameau, et la mère, après qu'on lui eut remis sa charge, suivit tranquillement sa progéniture.

Un des squelettes que nous vîmes aujourd'hui paraissait encore tout frais, sa barbe tenait à son menton, on distinguait ses traits.

Un des marchands de la kafila s'écria tout à coup : « C'était mon esclave ! il y a quatre mois je le laissai près de ce lieu. — Et vite, vite, mène-le au marché s'écria un Arabe facétieux, de crainte qu'un autre ne le réclame. » Nous n'avons pas eu d'eau : la journée a été très fatigante.

20. Journée également triste au travers du désert. A cinq heures et demie nous sommes arrivés au Harmout-el-Ouahr, masse de collines les plus hautes que nous eussions vues depuis le Fezzan; la cime la plus élevée a près de six cents pieds. Malgré leur teinte noire et leurs flancs escarpés, elles plaisaient à l'œil fatigué de n'apercevoir qu'une plaine immense. Entrés dans le passage, qui a près de deux milles de largeur, nous avons tourné autour de hautes collines au sud; le chemin était extrêmement inégal et raboteux; des collines isolées, coniques et plates, le bordaient. On n'atteignit qu'à dix heures du soir le lieu de halte : tout le monde était rendu de lassitude. Plusieurs fois nous fûmes déçus dans nos tentatives de trouver au-dessous de ces hauteurs un chemin dans le ouadey où nos chameaux pourraient passer et où il y avait de l'eau.

Le soir Hillmann fut extrêmement mal, et le docteur Oudney trop fatigué pour lui être de quelque secours. L'El-Ouahr est un ouadey couvert de galets et de gravier; l'eau du puits est bonne. Il y avait huit jours que nos chameaux n'avaient bu une goutte d'eau. Ils étaient faibles; le sol pierreux de la route, à travers les collines d'El-Ouahr, leur avait blessé les pieds. Pendant la nuit on éprouva un ouragan.

On compte trois milles de notre campement à l'extrémité du ouadey où s'élève à l'ouest l'El-Baah, haute colline. Ces éminences se prolongent vers l'est, et forment une partie de la chaîne que l'on trouve près de Tibesty, où elles deviennent et plus hautes et plus escarpées. A présent nous marchions dans une plaine pierreuse, avec des monticules de sable et de gravier : elle dura jusqu'à El-Garba, qui est une colline conique à l'ouest tout près de la route. Aujourd'hui plusieurs de nos chameaux ont été comme enivrés ; ils avaient le regard lourd et éteint, la démarche chancelante, et par intervalle tombaient comme un homme ivre ; cela leur arrive quand ils mangent des dattes après avoir bu de l'eau ; probablement ces fruits fermentent dans leur estomac.

22. Avant le point du jour on était en marche vers l'ouest. On traversa une plaine graveleuse, en laissant de côté des collines composées de gros sable et de pierres rouges ; on fit halte, au maten d'El-Hammar, au-dessous d'un promontoire que nous avions en vue depuis notre campement de la veille. Des ordres très stricts avaient été donnés aujourd'hui pour que les chameaux marchassent en rangs serrés, et que les Arabes ne s'écartassent pas. Durant les deux derniers jours nous avions vu à peu près quatre-vingts à quatre-vingt-dix squelettes par jour ; il était impossible de compter ceux qui entouraient les puits à El-Hammar. Ceux de deux femmes, dont les dents bien blanches et

bien rangées indiquaient qu'elles étaient jeunes quand elles périrent, étaient surtout révoltants; les bras étaient encore passés autour du corps l'une de l'autre, comme au moment où elles périrent : quoique les chairs eussent été consumées depuis longtemps pour avoir été si longtemps exposées au soleil, et qu'il ne restât plus que les ossements noircis, la langue de l'une d'elles était encore visible à travers les dents.

Nous venions de passer six jours dans le désert, sans la moindre apparence de végétation; on m'apporta une petite branche de fouak comme une curiosité. Le lendemain nous parcourûmes alternativement des plaines de sable et de gravier mobile; on aperçut à l'ouest des collines fort éloignées. Vers midi, accablé par la chaleur du soleil, j'étais un peu assoupi sur mon cheval, lorsque j'ai été réveillé soudainement par un craquement qui s'est fait entendre sous ses pieds, et qui m'a causé un tressaillement extraordinaire. Je reconnus que cet animal avait, en marchant sur deux squelettes humains, brisé leurs ossements fragiles, et séparé une tête du tronc. Cet événement produisit sur moi une impression que je ne pus écarter de quelques jours.

24. Quand la pluie tombe, ce qui dans ces cantons a lieu avec une abondance extraordinaire, une graminée croît soudainement à une hauteur de plusieurs pieds,

Dans la traversée du désert, les Arabes empoignèrent
avec des cris de joie quelques racines de cette herbe
desséchée : c'était pour leurs chameaux affamés.
Aujourd'hui la plaine était couverte de petites inéga-
lités et jonchée de pierres de différentes couleurs, de
fragments épais de gypse, de pierres ressemblant aux
topazes, de morceaux de spath calcaire, qui, réfléchissant les rayons du soleil, déployaient une diversité
admirable de teintes. A peu de distance du puits, on
observait des incrustations d'un beau blanc disposées
par plaques.

Peu de temps après que le soleil se fut retiré derrière
les collines, nous descendîmes dans un ouadey, où une
douzaine de chétifs buissons de palmiers montraient le
lieu où l'on trouvait l'eau.

Cette végétation, toute misérable qu'elle était, soula-
geait la vue fatiguée de la triste uniformité des journées précédentes. Le lendemain, au point du jour, je
ne pus m'empêcher de sourire en voyant Hillmann
regarder ces palmiers avec un air de plaisir infini : il
disait qu'ils lui rappelaient une vallée voisine de son
village, dans l'ouest de l'Angleterre. Les puits sont
situés sous les coteaux de grès blanc de Masfaben-
Kasarettsa, qui forment une chaîne basse, et qui renferment aussi des couches et des collines de calcaire.
Les puits étaient tellement encombrés de sable, qu'on

en enleva plusieurs charretées avant de trouver une quantité suffisante : les animaux ne purent s'abreuver que vers dix heures du soir.

Une de nos nagas avait mis bas durant la marche. Nous attendions tous avec impatience le lait que nous devions boire le lendemain matin, mais la pauvre bête mourut subitement.

A cet accident, il fallait entendre les exclamations des Arabes : elles étaient réellement effrayantes. Tous s'écrièrent à la fois :

— Le mauvais œil! Le mauvais œil! — Il était sûr qu'elle mourrait, je le savais. Eh bien, si elle m'avait appartenu, j'aurais mieux aimé perdre un enfant ou trois esclaves. — Dieu soit loué! Dieu est grand, puissant et sage : les regards de ces gens sont toujours funestes!

25. Temps très beau et très doux : le thermomètre marquait 54° (9"77). Nous remplîmes ici nos outres de l'eau de ce puits, qui n'était pas désagréable quoique fortement imprégnée de soufre. A huit heures, on partit. A l'ouest, on voyait le Tiggerendoumma, chaîne de hautes collines; elles ressemblent par la forme et la structure à celles que nous avons vues de plus près : elles se prolongent dans l'ouest jusqu'à l'Arouda, qui est éloigné de cinq journées, et où il y a un puits; Ghraat est à dix journées de l'Arouda.

A quatre milles de Mafrat, nous arrivâmes dans un petit ouadey, où nous vîmes les premiers dattiers doum ; ils étaient chargés de fruits encore verts. Nous ne cessâmes jusqu'à sept heures de tourner dans un labyrinthe de collines : nous passâmes deux lits de ruisseaux, dans lesquels il y avait du colloh et de l'herbe sèche (*echob*)₅ Ces rochers sont escarpés et pittoresques, et composés de grès noir et coloré. Pas d'eau.

26. On sortit des collines, et l'on entra dans une plaine s'étendant vers l'est à perte de vue ; à l'ouest, le Tiggerendoumma disparaît, et formant presque un demi-cercle, reparaît au sud. Cette chaîne produit un grand effet, quoique nulle part elle ne s'élève à plus de 600 pieds. Après avoir passé entre les flancs de coteaux bas et noirs, nous aperçûmes une plaine bornée par les collines de la Gaba, qui sont coniques et à sommet plat. On rencontra aujourd'hui des morceaux de minerai de fer en rognons, et de diverses autres formes. On marcha jusqu'à neuf heures du soir ; quelques-uns de nous pouvaient à peine se tenir à cheval, tant ils étaient fatigués. A l'extrémité d'un passage étroit et pierreux, on fit halte dans le ouadey Izhaya.

Le vent souffla du nord pendant trois jours avec beaucoup de force. Nos tentes furent ensevelies sous le

sable. Nous fûmes obligés de nous tenir presque constamment roulés dans nos couvertures de laine.

30. Tzhaya est nommé Yaat par les Tibbous. Il y a
là quatre puits qui ressemblent à des auges creusées
dans le sable : ils ont deux à trois pieds de profondeur ;
on dit qu'en creusant ainsi, on peut trouver de l'eau
dans toutes les parties du ouadey. Nous étions campés
à peu près à trois cents pieds à l'ouest des puits, et à
égale distance d'un raas ou cap, que nous avions en
vue depuis quelque temps ; il sert de tous côtés de point
de reconnaissance aux kafilas qui veulent trouver le
ouadey. Vers quatre heures, on passa devant Amet-
Radomna ; au nord-ouest, un ouadey va de ce lieu à
Seggedem, ouadey avec des palmiers et de l'eau douce.
Il sert ordinairement d'embuscade à une tribu de Tibbous, qui guettent toujours les petites kafilas pour les
piller.

31 décembre 1823. Matinée froide. A sept heures et
demie le thermomètre marquait 49° (7° 55). On marcha
dans une plaine. Les Arabes ne connaissaient pas la
route : il fallait s'en fier au guide tibbou. Le soir il
reconnut qu'il s'était égaré : le puits ne devait pas être
loin ; mais il ne savait pas précisément où. On s'arrêta
donc sous des coteaux de grès, bruns et peu élevés ;
on résolut d'y attendre le retour du jour. Aujourd'hui,
un chameau mourut de fatigue.

1ᵉʳ janvier 1824. On parcourut six milles et on arriva au ouadey Ikbar, où l'on se reposa le 2. Les Arabes prirent une hyène (d'kobba) et nous l'amenèrent. Quand nous eûmes bien vu cet animal, et c'était tout ce que nous désirions, ils l'attachèrent à un arbre, et tirèrent sur lui jusqu'à ce qu'il fût, à la lettre, mis en pièces.

Depuis plusieurs jours nous n'avions pas vu un lieu aussi frais. Il y avait des doum qui étaient chargés de grappes de fruits encore verts, et beaucoup d'herbe. J'aurais volontiers passé là une semaine, tant la moindre apparence de culture, ou plutôt de la beauté spontanée de la nature, ranime après les déserts arides et brûlants où nous avions marché si longtemps.

3. — Les feuillages verdoyants d'Ikbar nous firent tourner la tête, avec l'expression du regret, quand nous n'eûmes devant nous que des collines sombres et les sables du désert. On monta par une pente douce pour sortir du *ouadey*, et, après avoir quitté les collines d'Ikbar, on se dirigea vers un cap très proéminent, dans une chaîne basse, à l'est de notre route ; on le nomme *Tommeras-Koummen* (tu boiras bientôt de l'eau). A peu près à deux milles en avant, on s'arrête sous un rameau de ces collines. Nous avions parcouru vingt-quatre milles.

Quatre chameaux tombèrent dans la journée. Dans ces occasions, les Arabes restés en arrière, le couteau

à la main, attendent avec une impatience sauvage le
signal du propriétaire, pour le plonger dans le corps
du pauvre animal, et emporter un morceau de la chair
pour leur repas du soir. On fut obligé d'en tuer deux
sur place ; on espérait que les deux autres se relève-
raient pendant la nuit. Je fus présent quand on expédia
un des premiers ; on tourne la tête du chameau à l'est
et on lui enfonce un couteau dans le cœur, il meurt
dans un instant, mais auparavant, une douzaine de
couteaux sont lancés dans différentes parties du corps,
afin d'enlever les meilleurs morceaux. Le cœur, qui
passe pour le plus délicat, est arraché; la poitrine et
les hanches sont dépouillées: une partie de chair est
découpée ou plutôt déchirée de dessus les os, et mise
dans des sacs réservés pour cette opération. Le reste
de la carcasse est laissé aux corneilles, aux vautours et
aux hyènes.

A huit heures du matin nous avons traversé les eaux
que nous avions devant nous, et nous nous sommes
avancés entre une colline conique à l'est, et une à gauche
que l'on nomme Goummaganoumina. Entre ces collines
s'étendait un espace large d'un mille. Vers midi, on
parvint à une grande masse de grès sombre tendre et
haute de cent pieds. A peu près à soixante pieds de ce
rocher il y a un puits qui n'a que quelques pouces de
profondeur et des touffes d'herbes grossières. Le nom

de ce lieu est, chez les Arabes, l'rtchat; chez les Tibbous, Anay. L'armée du sultan s'y arrêta pendant deux jours à son retour du Begharmy.

La ville d'Anay consiste en quelques cabanes bâties sur le sommet d'un rocher semblable à celui que nous venions de quitter. Il y a aussi des habitations autour de sa base; mais les richesses se gardent toujours en haut. Tous les ans, et quelquefois plus souvent, les Touariks y font une visite dévastatrice, emportant le bétail et tout ce qui leur tombe sous la main. Dans ces occasions les habitants se réfugient sur le sommet du rocher: ils y grimpent par une échelle grossière qu'ils tirent après eux; les côtés de leur citadelle étant toujours très escarpés, ils se défendent avec des traits et en faisant rouler des pierres sur les assaillants. Les hommes qui vinrent au-devant de nous avaient chacun quatre lances courtes et une longue.

Le sultan dont le territoire s'étend de ce lieu à Bilma était à Kisbi, ville au sud d'Anay; il fit prier Bou-Khaloum de l'y aller trouver et d'y rester un jour, lui promettant de l'accompagner à Bilma. En conséquence, nous avons gagné Kisbi, qui est à cinq milles de distance. Nos animaux ont brouté un peu d'herbe sèche.

Kisbi est un rendez-vous très fréquenté par les kafilas et les marchands; c'est là que le sultan perçoit toujours son tribut pour la permission de traverser son pays. Kisbi est à huit journées d'Aghadès, à vingt-quatre de Kachena, et, en marchant bien, par la route la plus courte, à vingt-sept du Bornou. Les Tibbous furent tous positifs sur cette dernière distance, qui nous parut à peine croyable. Probablement, ils ont voulu parler de journées de Touariks à dos de maherhy, qui équivalent au moins à quarante milles.

Le sultan était également dépourvu de majesté et de propreté. Il vint dans la tente de Bou-Khaloum, accompagné d'une demi-douzaine de Tibbous dont quelques-uns étaient vraiment hideux. Leurs dents étaient d'un jaune foncé, car ils aiment tant le tabac en poudre, qu'ils en prennent par le nez et par la bouche; leur nez ressemblait à un petit morceau de chair arrondi, fiché sur leur figure; leurs narines étaient si grandes que leurs doigts pouvaient y pénétrer aussi avant qu'ils le voulaient, pour y fourrer du tabac; ma montre, ma boussole, ma tabatière à musique ne leur causèrent que peu d'étonnement. Leurs figures qu'ils voyaient sur les couvercles brillants, attiraient toute leur attention; ils étaient d'une indifférence stupide pour tout le reste qui, cependant, aurait excité l'admiration de l'homme le plus sauvage : ceux-ci étaient de vraies brutes à face humaine.

Bou-Khaloum donna au sultan un beau burnous écarlate; ce présent anima un peu la figure de ce butor.

Le soir, les Tibbous exécutèrent une danse devant notre tente ; le pas, qui en est lent et gracieux, conviendrait mieux à des femmes qu'à des hommes. Des esclaves libres au Soudan, qui demeuraient de leur plein gré avec les Tibbous à ce qu'ils nous dirent, dansèrent ensuite. C'est un exercice très violent. Un homme est placé au milieu d'un cercle qu'il s'efforce de rompre ; tous ceux dont il approche successivement le repoussent ; il ajoute un saut à son mouvement d'impulsion, et s'élève à plusieurs pieds de terre. Le tour est fini, un autre le remplace.

Un Arabe que j'avais envoyé la veille à la recherche d'un chien barbet qui m'avait suivi depuis Malte et qui de fatigue était resté en arrière le jour que nous avions quitté Ikbar, revint ce soir ; il n'avait pas trouvé l'animal et croyait que quelque Tibbou errant l'avait mangé ; car il avait observé dans le sable des traces de deux de ces gens. Les restes des deux chameaux laissés par nous sur la route avaient été emportés ; ces traces allaient vers l'est, il eut peur de les suivre. C'est de la part de ces maraudeurs que les petites kalifas ou les marchands voyageant seuls ont à craindre des attaques. Les cheiks se contentent en général de lever un droit, tandis que les autres prennent tout.

A sept heures, dans notre tente, le thermomètre était à 42° (4°44). A cinq milles de Kisbi, nous laissâmes à

gauche le ouadey de Kilbou nommé Trona par les
Tibbous; arrivés sous la chaîne des collines à la
pointe d'Ametrigamma, nous nous avançâmes vers
Achenouma qui est à quatre milles plus loin ; à l'est
ayant des coteaux élevés et à l'ouest un joli ouadey où
croissent des dattiers et d'autres arbres.

Une violente dispute s'éleva en route entre nos
Arabes ; l'un d'eux avait percé d'une balle la chemise
d'un de ceux de la tribu de Magharba ; le cheik de
ceux-ci prit fait et cause dans l'affaire et l'offenseur
n'échappa au châtiment qu'en venant se pendre à la
courroie de l'étrier de ma selle. Le cheik arabe ayant
fait usage, en défendant son homme, d'expressions qui
déplurent à Bou-Khaloum, celui-ci le renversa de son
cheval et ses esclaves bâtonnèrent rudement ce mala-
visé.

Le Tigghema, près duquel nous étions campés, est
un des points les plus hauts de la chaîne; il est suspendu au-dessus des maisons de boue du village; il
est à l'extrémité méridionale d'un enfoncement que les
collines forment en cet endroit, et à près de quatre
cents pieds d'élévation ; ses flancs sont presque perpendiculaires; un grand vide le sépare des autres
collines. Quand les Touariks approchent, toute la
population gagne le sommet des hauteurs avec tout ce
qu'elle possède, et s'y défend le mieux qu'elle peut.

L'intérieur de quelques maisons est propre et rangé. Les hommes sont ordinairement marchands ambulants ou plutôt colporteurs ; probablement, ils ne passent pas plus d'un tiers de l'année avec leurs familles. Car les Tibbous vont rarement au delà du Bornou vers le sud, ou le Mourzouk vers le nord. Ceux-ci me parurent fort gais et aussi heureux que peuvent l'être des hommes tourmentés sans cesse de la crainte de la visite de gens tels que les Touariks, qui n'épargnent ni l'âge, ni le sexe. Un ouadey comparativement fertile s'étend à plusieurs milles parallèlement aux hauteurs qui dominent le village; il produit des dattes et de l'herbe en abondance ; à deux milles est un lac d'eau salée fréquenté par des oiseaux aquatiques; M. Clapperton tua deux espèces de pluviers avec des éperons aux ailes. On recommanda soigneusement à chacun de ne sortir du cercle qu'après le coucher du soleil.

On continua de suivre les coteaux.

Après avoir parcouru cinq milles, on trouva Alighi, et deux milles plus loin, Toukounami, villages bâtis au sud et au pied des collines dont les saillies les garantissent.

Les habitants vinrent au-devant de nous. Arrivés à une cinquantaine de pas de nos chevaux ils tombèrent à genoux et commencèrent à chanter en battant d'une

4

sorte de tambour qui accompagne toujours leurs réjouissances.

A l'ouest de chacune de ces deux villes il y a un lac salé qui ressemble à celui du voisinage d'Achonoumma, mais est plus petit. Ces lacs d'eau salée ajoutent beaucoup à la beauté de la perspective ; elle a eu aujourd'hui quelque chose qui réjouit : de grands bocages de dattiers, beaucoup d'acacias très beaux, qui portent en même temps des fleurs et des fruits; enfin ces deux lacs, qui ont à peu près deux milles de tour. Leurs bords sont marécageux, ils renferment des îles de sel ; ils servent de refuge à quantité d'oiseaux de l'espèce du pluvier ; je crois qu'on n'en tire pas de sel.

On marcha ensuite à peu près au sud-ouest, en s'éloignant des collines, et pendant que nous nous reposions à l'ombre de quelques calebassiers, nous aperçûmes un troupeau de bœufs, vue bien agréable et très nouvelle pour nous. L'idée seule de nous trouver encore une fois dans un pays qui fournissait du bœuf et des pâturages était extrêmement consolante; et la pensée d'avoir du lait frais, une nourriture saine, et de tout en abondance, nous remplissait tous de joie.

A deux heures, nous fîmes halte à Derki ; on y dépensa beaucoup de poudre en l'honneur du sultan, qui sortit à notre rencontre. Il avait un bornous écarlate tout neuf par-dessus une chemise sale. La couleur

de son bonnet et de son turban jadis blancs, se rappro-
chait de celle de sa tête. Cependant, le lendemain,
quand il daigna me demander un peu de savon, je
pus aisément me rendre compte de ces petites négli-
gences dans sa toilette.

Une troupe nombreuse de femmes dansa devant
notre tente pendant quelques heures. Plusieurs de leurs
mouvements n'étaient pas dépourvus de grâce et ressemblaient aux danses grecques, telles qu'on les repré-
sente.

Le sultan nous régala de fromage et d'arachides du
Soudan. Le fromage était d'un goût agréable, mais si
dur, qu'il fallut, avant de le manger, l'humecter avec
de l'eau. Derki ne ressemble pas aux autres villes des
Tibbous que nous avions vues précédemment.

Elle est située dans un ouadey, entre deux lacs salés,
l'un à l'est, l'autre à l'ouest, et a un mille de circuit.
On suppose que ces lacs doivent leur origine aux exca-
vations faites dans l'emplacement qu'ils occupent pour
y prendre la terre nécessaire à la construction de la
ville et de son mur d'enceinte. L'eau, comme nous
l'avons déjà observé, se trouve dans plusieurs
parties du pays, à une profondeur qui varie de six
pouces à sept pieds. Le terrain près de la surface,
notamment dans le voisinage de ces villes des Tibbous,
est fortement imprégné de substances salines et à un

tel point, que des incrustation de trona pur ou presque
pur s'étendent quelquefois à plusieurs milles.

Les bords de ces lacs ont partout le même aspect,
ils consistent en une vase noire qui, aussitôt qu'elle
est exposée à l'air et au soleil, se crispe comme de la
terre fraîchement fouie par une matinée de gelée. Au
milieu de chacun de ces lacs, il y a une île ou une
masse solide de trona, qui, selon l'assertion des habitants, s'accroît annuellement ; celle du lac à l'est de
Derki a probablement une quinzaine de pieds de haut
et cent pieds de circonférence ; les portions contiguës
à l'eau sont solides, on n'y aperçoit pas la moindre
parcelle de vase ni de limon ; elle se casse en beaux
morceaux et se réduit aisément en poudre. A voir ces
masses de sel, on les croirait faites de main d'homme,
mais elles sont naturelles ; les habitants disent qu'elles
ont existé aussi longtemps qu'ils peuvent s'en souvenir.
Les substances salines sont du carbonate et du muriate
de soude : nous n'avons pas vu d'incrustations au fond
ni à la surface ; dans cette saison, il en est de même
du Bahr-trona dans le Fezzan. Les lacs de Derki n'ont
pas plus d'un demi-mille ou de trois quarts de mille de
circuit.

Il y a dans la ville plusieurs puits, dont l'eau, légèrement imprégnée d'un peu de trona, est passable-
ment bonne.

Derki, par sa situation dans un ouadey, est plus exposée aux attaques des Touariks que les villes plus voisines des collines.

On dit que c'est par cette raison qu'elle a une population si faible.

Il n'y a rien dans l'intérieur des maisons, pas même une natte ; quelques femmes et des vieillards en sont les seuls habitants. On nous dit que tous les hommes étaient en voyage ou à Kisbi, à Achenoumma ou à Bilma, où ils vont après la saison des dattes. Durant notre séjour à Derki, les femmes nous apportèrent des dattes enfilées à des joncs arrangés avec beaucoup d'adresse en forme de cœur ; elles joignirent ce présent quelques pots de miel et de graisse.

La troupe de Bou-Khaloum avait perdu tant de chameaux en route, que malgré toutes les protestations pacifiques de ces Arabes, ils expédièrent un parti de maraudeurs pour enlever des maherhies. Le sultan de Derki sanctionna le projet et indiqua la route à suivre. Les prouesses des Arabes vivent encore dans la mémoire des Tibbous ; ils s'étaient empressés d'éloigner leurs cabanes de la grande route. Malgré cette précaution nos pillards ramenèrent neuf marherhies qu'ils n'avaient cependant pas obtenus sans quelques escarmouches. Un second parti expédié n'était pas de retour le soir ; nous reçûmes ordre de rester tous chargés ;

personne n'eut la permission de sortir du cercle dans lequel les tentes étaient dressées.

On s'avança le long du ouadey, les touffes épaisses de mimosa nous procuraient de temps en temps une ombre délicieuse; nous marchions à peu près à deux milles de distance des coteaux, qui tous ici portent le nom de Tigghema. Ils se dirigent à peu près du nord au sud, en s'inclinant un peu à l'ouest, ils ont plusieurs petits enfoncements qui produisent un bel écho. Il y avait dans plusieurs endroits des incrustations salines, et de grandes taches noires ressemblant à la surface gelée d'un champ récemment labouré. Presque toutes les formations salines sont dans les positions basses et abritées; l'eau est à peu de distance et souvent au milieu du sel il y a de belles sources fraîches. D'où viennent-elles?

J'ai déjà insinué que l'air a un effet puissant et est un agent principal. Il n'y a pas de raison de croire qu'il existe de grandes couches souterraines de sel; si elles avaient une étendue considérable, les sources d'eau douce ne seraient pas si nombreuses.

On fit halte pour attendre les chameaux. Les Tibbous profitèrent de ce repos pour essayer leur adresse à la lance; ils y étaient plus habiles que je ne l'aurais cru. Ils ploient le bras, la main est à la hauteur de l'épaule quand ils décochent l'arme; au moment où elle quitte

la main, ils lui impriment avec les doigts un mouvement qui la fait tournoyer quand elle fend l'air. Un
vieillard de soixante ans atteignit deux fois un arbre
éloigné de soixante pieds. Un jeune homme vigoureux
lança son arme à deux cent quarante pieds. Quelquefois, quand elle frappe la terre, elle se courbe presque
en deux. En voyage, les Tibbous ont toujours deux
lances; ils ont aussi un houngamounga, qui est une
sorte d'épée d'une forme particulière. Ils en portent
parfois trois à quatre.

Les Arabes revinrent avec treize chameaux, qu'ils
n'avaient pas amenés sans peine. Les Tibbous les
avaient suivis pendant plusieurs milles. Pendant toute
la nuit nous eûmes des patrouilles, qui, afin de nous
éveiller, pour que nous fussions bien assurés qu'elles
ne dormaient pas, criaient sans cesse : « balek-ho », qui
est le mot du guet des Arabes.

Il y avait près de nous un puits de très bonne eau,
entouré d'agoul et d'herbe haute. L'incrustation de sel
de la surface du terrain avait plusieurs pouces de profondeur. Au-dessous était le rocher de grès, et à deux
pieds plus bas, de l'eau limpide et douce.

Depuis trois jours plusieurs gazelles avaient traversé
le chemin; aujourd'hui, un Arabe en tira deux, de
sorte que nous eûmes un plat de gibier. En ayant
trouvé une toute jeune, le vieux coquin se coucha

dans l'herbe, imita son cri, et la mère étant accourue, il lui tira un coup de fusil.

On voyagea presque toute la journée dans un beau ouadey; les incrustations salines y étaient fréquentes. On vit des couches de grès rouge contenant de nombreux rognons de minerai de fer. Les coteaux avaient une teinte plus noire, les sommets de quelques-uns ressemblaient à des ruines de châteaux et de villes. On passa devant trois sources semblables à celles de Traghen. Un grand espace de terrain noir, qui coupait notre route pendant plus d'un mille, s'étendait à près de cinq milles dans l'ouest; la surface en était noire et crispée, mais n'offrait aucun des tas qui forment des irrégularités dans les autres plaines salées. On aurait dit un vaste lit de sel d'où cette substance aurait été enlevée depuis un petit nombre d'années.

Bilma, où nous nous sommes arrêtés aujourd'hui, est la capitale des Tibbous et la résidence de leur sultan. Nous le trouvâmes qui était venu à notre rencontre, accompagné d'une centaine d'homme armés et d'une centaine de femmes; la plupart des hommes avaient des arcs et des flèches, tous portaient des lances; ils s'approchèrent de Bou-Khaloum en les brandissant en l'air au-dessus de sa tête. Après ce salut, nous nous acheminâmes tous vers la ville; les femmes dansaient et se trémoussaient en criant et en chantant d'une manière qui nous paraissait bien singulière. Elles étaient bien mieux que celles des petites villes : quelques-unes avaient des traits fort agréables; leurs dents blanches et bien rangées contrastaient admirablement avec le noir éclatant de leur peau et avec la tresse triangulaire de cheveux qui pendait de chaque côté de leur visage dégouttant d'huile : des pendeloques de corail au nez, et de grands colliers d'ambre, les rendaient tout à fait séduisantes. Les unes avaient un cheiche ou éventail fait d'herbes minces ou de crin pour écarter les mouches; d'autres, une branche d'arbre; celles-ci, des éventails de plumes d'autruche; celles-là, un paquet de clefs; toutes tenaient quelque chose à la main et l'agitaient au-dessus de leur tête en avançant.

Un morceau d'étoffe du Soudan, attaché sur l'épaule gauche et laissant le côté droit découvert, composait leur habillement; un autre plus petit entourait leur tête et leur descendait sur les épaules, ou bien était jeté en arrière. Quoiqu'elles parussent très peu vêtues, rien de moins immodeste que leur air ou leur maintien.

En arrivant à Bilma, nous nous assîmes sous l'ombrage d'un grand tellah pendant qu'on dressait nos tentes.

Les femmes dansèrent avec beaucoup de grâce, et

avec beaucoup d'habileté aussi, comme l'assura le neveu du sultan.

Placées l'une vis-à-vis de l'autre, la mesure lente d'un instrument, formé de la moitié d'une calebasse couverte d'une peau de chèvre, accompagne leurs mouvements qui d'abord se bornent à la tête, aux mains et au corps, qu'elles balancent d'un côté à l'autre, élèvent en l'air et inclinent sans remuer les pieds; tout à coup, la mesure devient plus vive, le son plus fort, elles font des gestes extrêmement violents, tournent la tête en la roulant, font claquer leurs dents, frappent leurs mains l'une contre l'autre, et sautent de chaque côté, jusqu'à ce que l'une d'elles ou toutes deux tombent de fatigue à terre; un autre couple les remplace.

Je montrai pour la première fois à nos gens, dans la tente de Bou-Khaloum, la relation du voyage du capitaine Lyon au Fezzan. Cet Arabe, en voyant les figures des indigènes, s'écria, jura, soutint obstinément qu'il les connaissait tous : « Celui-là est l'esclave d'un tel. Celui-là est le mien. Je le sais bien, je le connais. Dieu soit loué d'avoir doué les Anglais de tant de talent. Ils sont habiles, très habiles (*chéter*, *wolla*, *chéter*). »

Quant aux paysages, je reconnus que Bou-Khaloum n'en avait pas la moindre idée; je ne pus pas non plus

lui faire comprendre l'intention de la planche qui repré-
sente le moment où le vent du désert soulève le sable,
quoique ce phénomène y soit fidèlement peint. Bou-
Khaloum la renversait du haut en bas; l'ayant remise
deux fois en place, il me dit : « Pourquoi? pourquoi?
C'est la même chose. » Je ne pus lui faire comprendre
qu'un chameau et une figure humaine. Il était dans le
ravissement. « *Ghib! ghib!* » (prodigieux!) Les yeux
fixèrent d'abord son attention. Ensuite les autres
figures. A la vue de l'épée, il s'écria : « Allah! Allah! »
et en apercevant les fusils : « Où est la poudre? » dit-il
à l'instant.

Le manque de perception chez un homme si intelligent me surprit d'abord; mais peut-être un Européen,
placé dans des circonstances semblables, eût-il éprouvé
la même chose. Que l'on en suppose un, parvenu à
l'âge viril sans avoir jamais jeté les yeux sur un papier
représentant un paysage, sentira-t-il immédiatement
les beautés particulières de la peinture, de la perspective, des différents objets? Certainement non. C'est aux
occasions de contempler les ouvrages de l'art, même
dans les occupations ordinaires de la vie, que nous
devons la promptitude de notre perception dans les
objets de ce genre.

Au sud de Bilma, il y a des marais avec des étangs
d'eau stagnante que nos chevaux purent à peine boire.

Cette ville est dans un creux et entourée de murs bas
en terre qui, de même que les maisons qu'ils renferment, sont chétifs et misérables. A peu près à deux
milles au nord, il y a quelques cabanes, et tout auprès
plusieurs lacs sur lesquels du sel cristallisé très pur se
trouve en grande quantité. On nous en apporta dans
des paniers qui était très blanc et de très bon goût.
On nous propose de l'acheter.

En visitant les deux lacs les plus productifs, situés entre
des dunes basses, je témoignai ma surprise de la différence qu'il y avait entre le sel que les Tibbous prenaient
aux tas aux bords de l'eau et celui que j'avais vu la
veille. J'appris qu'ils recueillaient le sel à la fin de la
saison sèche ; alors on le tire en grandes masses des
bords du lac. Ils mettent dans des sacs celui qui est
transparent et l'expédient dans le Bornou et le Soudan.
On forme aussi des piles solides de la forme la plus
grossière et on le vend facilement. Dans le Soudan,
une seule pile pesant 11 livres vaut quatre à cinq
piastres. Les Touariks se fournissent de sel uniquement
aux ouadeys des Tibbous. On nous dit que l'année
précédente, ce peuple seul en avait emporté vingt mille
sacs. — « Il est bien dur, disent les Tibbous, que ces
gens nous volent, non seulement pour leur consomma-
tion, mais aussi pour leur trafic ; et, comme ils ne
paient rien pour cette marchandise, ils la vendent à

plus bas prix que nous dans les marchés du Soudan. »
Mais il faut que les Tibbous soient d'autres hommes
avant d'empêcher les Touariks de piller leur pays.
Ceux-ci ne plantent ni ne sèment. Toute leur éducation
se borne à savoir conduire un maherhie et manier une
lance. Ils vivent du pillage des gens qui les entourent,
ainsi que de celui des hommes que la nécessité ou le
hasard fait passer dans leur pays.

A peu près à un mille de Bilma, il y a une source
de belle eau bien limpide, qui sort de la surface de la
terre et arrose un espace d'environ neuf cents pieds de
circonférence qui est couvert d'herbe fraîche. Mais au
delà de celui-ci, le voyageur doit dire adieu à toute
apparence de productions végétales : il entre dans un
désert dont la traversée exige dix jours. Près de la
première colline de sable, je réussis, avec l'aide de
deux Arabes, à prendre un joli petit animal presque
blanc, qui ressemblait au renard par la forme et la
taille, quoiqu'il ne fût pas plus gros qu'un chat de
dimension moyenne. C'était une espèce de putois. Le
ventre était blanc, le dos et le reste du corps d'un brun
clair. La queue était touffue comme celle du renard,
presque blanche, avec une tache noire à l'extrémité.

A deux milles à l'ouest, il y a une autre petite ville
du même nom. Elle est entourée de tertres boueux que
l'on croirait produits par une éruption volcanique ;

mais ils sont artificiels et façonnés pour la préparation
du sel. Je désirais depuis longtemps voir la vaste plaine
qui en fournissait des provisions si abondantes. Sans
doute, dans l'origine, les vastes emplacements que j'ai
notés plusieurs fois devaient en donner une grande quantité, mais la reproduction ne pouvait pas être proportion-
nelle à tout ce que l'on emportait. L'art fut employé pour
obtenir un produit naturel. On creusa des fosses peu pro-
fondes qui ne tardèrent pas à se remplir d'eau, et son
évaporation laissa des couches épaisses de sel. Des levées
considérables furent construites à l'entour, évidemment
pour arrêter les courants d'air. Ces levées ressemblent
beaucoup aux cours des tanneurs d'Europe, avec leurs
petites fosses séparées les unes des autres. Actuellement
l'eau est fortement saturée. En été, il se forme une
croûte épaisse, qui est le sel dont on fait usage. Il paraît
que chacun de ces compartiments fournit annuellement
une grande quantité de sel. Quand on l'enlève, les sale-
tés sont entassées sur les bords. Dans les enfoncements,
il y a beaucoup de stalactites d'une belle couleur
blanche : elles sont composées de muriate et de carbonate de soude.

Le grand mystère est l'origine du sel dans tous les
endroits où l'eau se trouve près de la surface du sol et
où un abri empêche l'eau d'être agitée. Il est très pro-
bable qu'autrefois tout ce vaste pays fut un océan d'eau

salée; son élévation n'est rien comparée à son étendue dans l'intérieur. Quel effet produit le manque total ou presque total de pluie! car on pense que la formation du sel ne peut avoir lieu dans les limites de la pluie. Plusieurs belles sources d'eau fraîche sortent du sol; aucun puits n'est saumâtre; mais quand l'eau reste quelque temps stagnante, elle s'imprègne de matières salines.

16. — Nous avons traversé des dunes de sable fin et mobile, dans lesquelles nos chameaux enfonçaient presque jusqu'aux genoux. En voyageant dans ces déserts, où les collines disparaissent en une seule nuit par le mouvement du sable, et où tout vestige même d'une kalifa considérable s'évanouit en quelques heures, les pointes des sombres chaînes des collines de grès, qui de temps en temps élèvent leurs sommets au milieu de cet océan aride de sable et y offrent la seule variété de perspective, servent aux Tibbous à diriger leur marche. Partis d'un de ces points, nous pénétrâmes dans ces sables formés en collines hautes de vingt à soixante pieds et à flancs presque perpendiculaires. Nos chameaux faisaient des faux pas et tombaient avec leurs charges pesantes. Les conducteurs prirent les plus grandes précautions en descendant ces collines : les Arabes se pendent de toutes leurs forces à la queue de l'animal et par ce moyen le retiennent. Sans cela le

chameau tombe en avant et par conséquent tout ce qu'il porte culbute par-dessus sa tête.

Nous fîmes halte à Kakorouns, lieu de repos des kafilas. C'est un groupe de collines de grès grossier et sombre. A l'est, s'élève le Gosser ou Château, pic irrégulier.

A l'extrémité de ces collines, à peu près à deux milles de la route, on trouve l'ouadey de Zaou-Seghrir, dans lequel croissent des souay et de l'herbe. Nous allions au sud, mais nous fûmes obligés de faire le tour des dunes, pour éviter les descentes si incommodes pour les chameaux. On bivouaqua au-dessous d'une pointe appelée Zaou (la difficile). Il y avait plusieurs puits.

18. — Aujourd'hui les dunes furent moins hautes : mais nos animaux enfonçaient si profondément que la journée fut très fatigante pour nous tous. Quatre chameaux de Bou-Khaloum s'abattirent, deux furent tués par les Arabes, les deux autres furent laissés au hasard de les voir nous rejoindre pendant la nuit. Ces marches sont d'une tristesse épouvantable. Partout où l'œil peut atteindre, des ondes de sable bornent la vue. Plusieurs des voyageurs appartenant aux kafilas sont à pied. Quand on en aperçoit un isolé, son flacon d'eau à la main et son sac de zoumita sur la tête, s'enfoncer à une certaine distance derrière une des dunes, pen-

dant qu'il trace seul son chemin, espérant gagner quelques pas dans le long travail de la journée, en ne suivant pas la route des chameaux, on tremble pour sa vie. Quand il a franchi l'obstacle qui le dérobait à la vue, l'œil reste fixé sur ce point, afin de s'assurer qu'il n'a pas été enterré tout vif dans le sable perfide qui se sera éboulé sur lui.

Mohammed-N'Driff, marchand de Tripoli, un de nos compagnons, qui, en route, avait beaucoup souffert d'un gonflement de la rate, céda aux instances qu'on lui fit de subir l'opération d'être brûlé avec un fer rouge, remède souverain des Arabes dans la plupart des maladies. Aujourd'hui, avant le départ, on l'étendit sur le dos, et une demi-douzaine d'Arabes le retinrent sur ce sable, pendant que ces grossiers opérateurs lui faisaient au côté gauche, au-dessous des côtes, trois brûlures de la grandeur d'une pièce de six pence. Le fer fut replacé au feu, et pendant qu'il chauffait, une demi-douzaine d'Arabes enfoncèrent leurs pouces dans différents endroits du côté de ce pauvre homme, pour savoir si la pression lui était douloureuse; ils finirent par lui meurtrir la chair et le patient leur dit qu'ils lui faisaient tous du mal. Alors on lui fit avec le fer chaud quatre nouvelles marques auprès des premières.

On le plaça ensuite sur le ventre, et on lui en

imprima trois plus grandes à moins de deux pouces de l'épine du dos.

On aurait cru que l'opération était terminée, mais un vieil Arabe, qui avait tâté la gorge du patient pendant quelque temps, déclara qu'une large blessure au-dessus de la clavicule était absolument nécessaire. Le pauvre homme se résignait à tous ces tourments avec une patience admirable ; après avoir bu un coup d'eau, il se remit en marche avec les chameaux. Nous parcourûmes aujourd'hui vingt-deux milles, et nous nous arrêtâmes à Tchoukvema (mi-chemin). Nous perdîmes dans cette journée plus de vingt chameaux qui s'étaient écartés de la route.

On nous avait promis que nous trouverions de l'eau de bonne heure ; les animaux n'ayant pas bu la veille au soir, nous allâmes en avant avec nos chevaux. Quoiqu'on nous eût dit que les puits n'étaient pas éloignés, il fallut, avant d'y arriver, faire vingt milles à travers les collines de sable mobile. A moins de la moitié du chemin, nous passâmes devant deux collines de grès sombre, nommées Gheisgae (d'Hobba, la Hyène) que nous avions eues en vue durant une grande partie du jour précédent. A une heure et demie, nous atteignîmes le ouadey de Dibla (*Intchat-Teghil*, pierre pesante). Il y avait là quelques touffes d'herbe grossière, que les animaux dévorèrent avec une avidité extraordinaire.

L'eau était extrêmement saumâtre, et fortement imprégnée de trona; mais elle était fraîche, et par conséquent nous parut délicieuse.

Au milieu du ouadey s'élèvent plusieurs petites collines coniques à sommet aplati. Vue d'en bas, la partie
supérieure avait un aspect raboteux; elle était formée
d'une sorte de terre bitumeuse, sèche et friable au toucher. Il y avait au-dessus des couches d'argile schis-
teuse en plaques minces, friables, jaunes, rouges et
vertes. Elles se brisaient aussi quand on les pressait
avec la main. Ces collines ont une quarantaine de pieds
de hauteur, ce qui était probablement celle de la vallée
à une époque reculée; et il est assez vraisemblable que
la matière bitumeuse provient d'un dépôt végétal.

On ramassa dans le sable des corps cylindriques,
minces, creux, et présentant la forme du corail; ils
paraissent être de formation très récente, et sont évidemment produits par l'action du vent et de la pluie
sur le sable. Les particules en sont très menues; quand
on casse cette substance, elle a un aspect brillant et
luisant; quelques-uns de ces corps sont couchés hori-
zontalement; mais ils sont plus généralement perpendiculaires. Leur surface extérieure est rude, leur longueur de quelques pouces à un pied, et leur circonférence
de quelques lignes à un pouce et demi.

Les puits du ouadey étaient des trous profonds

d'environ dix-huit pouces. L'eau perdit beaucoup de son goût de carbonate de soude après qu'on en eut tiré. Les trous se remplissent très vite. Le goût salé vient probablement de la terre du bord, qui tombe dans l'eau, ou qui y est poussée par le vent.

Dibla est borné au nord par des collines de grès noir et de quartz, qui s'étendent à une certaine distance à l'ouest; au sud, par des dunes; et à l'est, par un ouadey tournoyant. Il y a quelques acacias, mais en si petit nombre, que nous ne pûmes nous procurer du bois à brûler, et que les chameaux n'eurent pas beaucoup à manger.

On trouva dans le sable une quantité de petits cailloux ronds, à demi vitrifiés; nos gens les ramassèrent, les prenant pour des balles. Leur mode de formation paraît être le même que celui de la substance coralliforme dont j'ai parlé plus haut. On me dit que ces corps se forment en grande quantité après les pluies, qui tombent par intervalles dans ce canton.

Marche bien ennuyeuse à travers le désert : rien que du sable, pas même une colline noire pour rompre cette uniformité. Vers le coucher du soleil, nous sommes arrivés à un endroit où il y avait quelques touffes d'une herbe appelée *sbit*, et un peu de belle herbe avec une fleur nommée *nissé*. On a parcouru vingt-quatre milles, et l'on a campé à Hasama-Foma-Hamsé (les cinq arbres). Ni bois ni eau. Un parti de Tibbous nous a donné l'alarme ; tous à cheval, ils s'en sont retournés.

Désert comme la veille. Dunes très hautes, Bourmen-Madona (tout sable). A trois heures après-midi, on est arrivé au grand ouadey d'Aghadem, où il y a plusieurs puits d'eau excellente, du fourrage, et beaucoup de souags, arbre de la Tétrandie, dont les baies rouges sont presque aussi bonnes que celles de la canneberge. Nous interrompîmes dans leur retraite une centaine de gazelles qui paissaient dans cette vallée fertile. Leur extrême vitesse fut cause que nous n'en pûmes tuer qu'une, qui nous procura un repas copieux. Une route à l'ouest conduisait dans le pays des Touariks et dans le Soudan ; elle n'est pas fréquentée par les kafilas. Aghadem est un grand rendez-vous de brigands de toutes les sortes, et par conséquent la terreur de toutes les petites kafilas et des voyageurs. Le souag y couvre des petits monticules ; la baie ou la drupe de cet arbre est très recherchée dans le Bornou et le Soudan, parce qu'on lui attribue la vertu de faire cesser la stérilité. Bou-Khaloum me raconta qu'une femme qui depuis dix-huit ans était dans cet état, en fut tirée par l'usage de ce fruit. Il est douceâtre et chaud au goût à peu près comme le cresson de fontaine (*Sysimbrium nasturtium*). En passant près de cette plante, on est toujours frappé d'une odeur forte et narcotique.

On resta en place. A deux heures et demie après-
midi, le thermomètre à l'ombre de ma tente marquait 101° (30° 65). Nos animaux jouissaient tous de la
fertilité des ravines dont était coupée la chaîne de collines noires et basses qui se dirigent presque du nord
au sud à travers la vallée. Les chameaux surtout brou-
taient avec plaisir les petites branches du souag, dont
ils sont très friands. Depuis trois jours, les traces des
hyènes avaient été très fréquentes : la nuit dernière,
ces animaux féroces s'approchèrent en troupe de notre
camp.

Ce soir, mon télescope amusa infiniment pendant
plus d'une heure Bou-Khaloum, Mohammed-Abedin,
frère du cadi de Mourzouk, et plusieurs autres. J'avais
coutume de passer un certain temps, tous les soirs,
dans la tente de Bou-Khaloum ; et depuis quelques jours
je promettais à ces Arabes de leur faire voir la lune
tout près (grib). Un vieux hadji, que j'aidai à la regarder, car il ne pouvait fixer le verre sur l'objet, exprima
d'abord son étonnement par une exclamation, puis
m'ayant regardé en face sans proférer une seule parole,
il s'enfuit à toutes jambes, en répétant des versets du
Koran. Sa conduite fut, à ma grande satisfaction,
tournée en ridicule par les autres, qui furent contents
outre mesure et m'adressèrent une infinité de questions.
La nuit était sereine et claire; on ne pouvait en désirer

une plus belle. Les trois brillantes constellations d'Orion, de Sirius et du Taureau, présentaient un coup d'œil magnifique et vraiment sublime.

Les chameaux décampèrent un peu après huit heures. Nous nous mîmes à l'abri du soleil près des puits, à l'ombre de monceaux couverts de hautes herbes, afin que les chevaux pussent boire au moment de notre départ. Nous avions trois à quatre longues journées jusqu'au puits le plus proche, et les chameaux étaient trop fatigués pour pouvoir transporter plus d'un jour de nourriture pour les chevaux. Tout à coup, nous voyons revenir au galop deux des Arabes qui étaient partis avec les chameaux. C'était pour nous annoncer qu'ils avaient rencontré deux Tibbous allant en courriers du Bornou à Mourzouk. Ceux-ci parurent bientôt, montés sur leurs maherhies; ils n'étaient absents de Kouka que depuis huit jours; ils nous dirent que le cheik Kanemy venait de terminer heureusement une expédition contre le sultan du Begharmy; il avait attaqué et mis en déroute les La-Sala, puissante tribu d'Arabes.

A cette nouvelle, le sultan s'était, comme auparavant, enfui chez les Kirdies, au sud du grand fleuve.

Après avoir parcouru vingt-quatre milles dans le désert, nous nous sommes arrêtés, au coucher du soleil, sur le sable, sans bois ni eau. Les courriers de Bornou

à Mourzouk nous avaient assuré qu'ils ne seraient pas
plus de trente jours en route depuis le lieu où nous leur
parlions. Depuis que le cheik Kanemy réside à Kouka,
des courriers ont été expédiés de temps en temps entre
le Bornou et Mourzouk, chose absolument inconnue
avant cet événement. Une des femmes et trois enfants
de Kanemy étaient à Mourzouk. Le pacha de Fezza, pour
avoir une garantie de la parfaite soumission de ce
cheik, ne veut pas leur permettre de quitter cette ville.
Il n'y a que les Tibbous qui consentent à faire ce pénible
service de courrier : les chances sont d'autant plus con-
traires à ce que tous deux reviennent sains et saufs
qu'un homme n'est jamais envoyé seul.

Les deux hommes que nous avions rencontrés étaient
montés sur deux superbes maherhies; ils parcoururent
à peu près six milles à l'heure.

Un sac de zoumita ou grain torréfié et une ou deux
outres pour eau, un petit bassin de cuivre et une gamelle
qui leur servaient pour manger et pour boire composaient leurs provisions et leurs ustensiles de voyage. On
y ajoute quelquefois un peu de ghedid ou de viande
découpée en lanières et séchée au soleil. Elle est mangée
crue car rarement ces hommes allument du feu pour
faire cuire leurs aliments, quoiqu'en approchant du
Fezzan, les nuits froides qui succèdent à des jours très
chauds soient souvent fatales à ces voyageurs faute d'un

brasier. Ils suspendent sous la queue du maherhie un sac dans lequel tombe la fiente qui leur sert de matière combustible à leur halte de la nuit. Le voyage est réellement périlleux à entreprendre sans kafila, et sans un nombre suffisant de chameaux pour le transport de choses aussi indispensables que le bois et l'eau.

Il semblait que nous approchions graduellement de quelque chose qui ressemblait à la végétation. Tout le long de la route, nous vîmes des tas de sables et des touffes de belle herbe. Le pays ressemblait à une lande d'Angleterre. Vers le soir, les arbres devinrent bien plus nombreux ; et les animaux trouvèrent du fourrage en abondance à Djeogo-Balwi, lieu où nous fîmes halte. Le telloh (arbre), le hassom, très belle plante parasite, et les herbes présentaient un aspect bien agréable à nos yeux fatigués de la vue continuelle des sables ; et cependant tous ces végétaux étaient chétifs, leur verdure avait quelque chose de sale. Une troupe de plus de cent gazelles passa devant nous dans la soirée ; les Arabes découvrirent des traces d'autruches et même des plumes de cet oiseau.

Nous rencontrâmes deux Tibbous, qui nous apprirent que les Touariks, au nombre de huit cents, étaient entrés dans le Kanem, et avaient pillé deux villes. Tous nos Arabes brûlaient de les rencontrer et de voler ces coquins. La route ressemblait à celle de la veille. On arriva de bonne heure à Bir-Kachifery ; le puits y était très profond : des Arabes furent obligés d'y descendre, et d'en retirer plusieurs charges de sable avant que l'on ne pût y puiser une goutte d'eau, ce qui prit la plus grande partie de la nuit.

Le lendemain au point du jour, Mina-Tahr, ou l'oiseau noir, cheik des Tibbous-Gonda, s'approcha du camp avec trois hommes. Birkachiféry étant sur son territoire, chaque kafila qui passait lui payait un tribut dont le montant s'élevait quelquefois à la moitié de leurs marchandises ; car ce cheik est absolu. Dans la conjoncture actuelle, il nous rendait une visite de respect ; Bou-Khaloum le reçut dans sa tente, et le revêtit d'une bornouse écarlate de gros drap et d'un dolman de soie fort mince, présents qui furent regardés comme superbes.

Les Tibbous sont des hommes vifs et actifs, montés sur de petits chevaux très agiles ; leurs selles sont en bois, petites et légères, ouvertes au milieu dans leur longueur, et composées de deux morceaux attachés avec des courroies ; elles sont rembourrées de poil de chameau, tordu et tressé de manière à faire un bon coussin.

La sangle et les étrivières sont de même des courroies tressées : les éperons sont de fer, très petits et légers ; on n'y place que quatre doigts du pied ; le gros orteil

reste en dehors. Un Tibbou monte à cheval en moitié
moins de temps qu'un Arabe, en s'aidant de sa lance,
qu'il enfonce en terre en même temps qu'il place son
pied gauche dans l'étrier, puis il saute en selle. La bride
est légère, mais dure; les rênes et la têtière sont des
bandes de cuir tordues et tressées d'une manière fantastique.

Nos chameaux n'eurent fini de boire que lorsque le
soleil, suivant l'expression des Arabes, fut à six brasses
de hauteur. Comme nous manquions de viande fraîche,
ou pour mieux dire de tout, Mina-Tahr nous dit d'aller
à un puits plus près de sa peuplade, puits qu'il assurait
n'avoir pas encore été montré à un Arabe. En conséquence, le 29, à onze heures, nous parcourûmes
neuf milles presque au sud; à un demi-mille à l'ouest
de la route, nous trouvâmes le puits de Deggesheinga.
Les Tibbous nous accompagnèrent. On s'apercevait que
des troupeaux immenses y avaient bu le matin. C'était
un lieu retiré que des dunes cachaient entièrement
aux voyageurs suivant la route ordinaire.

Les Tibbous nous quittèrent là, en nous promettant
de revenir de bonne heure le lendemain avec des moutons, un bœuf, du miel et de la graisse. Joyeuse nouvelle pour des gens qui depuis une quinzaine de jours
n'avaient pas goûté de la viande fraîche, à l'exception
de celle de chameau. Nous fûmes terriblement incom-

modés, pendant toute la journée, par un fort vent d'est soulevant des masses de sable si considérables qu'elles voilaient la face de la nature.

L'orage continua avec tant de violence, que nous fûmes obligés de nous tenir dans nos tentes pendant toute la journée; d'ailleurs, je ne m'étais pas encore trouvé si mal à mon aise depuis mon départ de Mourzouk.

Une simple chemise était le vêtement le plus commode, parce qu'on pouvait en secouer le sable aussitôt qu'il s'y nichait, ce qui ne se pouvait faire avec les autres pièces de l'habillement; l'irritation qu'il produisait causait une douleur presque insupportable : la meilleure manière de se guérir ou d'éprouver un grand soulagement est de se faire frotter un peu d'huile ou de graisse autour du cou, aux hanches et sur le dos, par la main d'une négresse, car elles sont toutes dressées à cette opération, appelée *champon*, et elles la pratiquent en perfection. Quoique, d'après ma profession de christianisme, je fusse privé du luxe de posséder une demi-douzaine de ces belles, cependant, en mariant, à Sockna, mon nègre Barca à une des affranchies du pacha, je devins, jusqu'à un certain degré, maître de Zerega, qui, au château, avait reçu une excellente éducation. Elle me fut très utile dans ces cas de fatigues ou de maladies. C'est un fait incontestable, et jamais peut-être il n'a été mieux prouvé que dans ma position, que l'homme attend naturellement des soins et du secours de la part des femmes, n'importe leur couleur ou leur pays.

Le soir, le vent s'étant apaisé et le ciel ayant repris son éclat et sa sérénité, le cheik tibbou et une trentaine de ses gens, tant hommes que femmes, revinrent; mais les vivres qu'ils apportaient étaient insuffisants pour une kafila de trois cents personnes. Le lait doux n'était que du lait de chameau aigre, rempli d'ordure et de sable; la graisse était en petite quantité et très rance. Nous achetâmes pour deux piastres un mouton maigre, qui fut un vrai régal pour nous. On doit user de beaucoup de précaution quand on mange de la viande après en avoir fait une longue abstinence. Le moindre excès dérange toujours l'estomac; il en résulte des fièvres et des maux qui en sont les suites. Quoique nous n'eussions pas montré de la gourmandise, quelques-uns de nous souffrirent de n'avoir pas été assez modérés dans le repas, où l'on servit le mouton bouilli. Il faut d'autant éviter les maladies dans ce pays, qu'elles sont d'une nature différente de ce qu'elles sont ailleurs : les attaques sont soudaines; on devient incapable d'aucun effort, et l'on tombe dans un état de faiblesse et d'épuisement à peine croyable pour quiconque n'en a pas été témoin.

Quelques-unes des filles qui apportèrent le lait et les autres provisions étaient réellement jolies, en compa raison de la laideur extrême des hommes : elles avaient le teint plus cuivré que celles de Bilma, le front haut, un enfoncement entre les yeux ; elles ont les dents belles; elles sont plus petites et ont des formes plus délicates que les femmes tibbous qui habitent les villes. Les hommes firent présent à Bou-Khaloum de deux beaux maherhies : un de ces animaux avait neuf pieds et demi de haut de la plante des pieds au milieu du dos ; ils amenèrent aussi deux chevaux à vendre. Leurs animaux composent toute leur richesse. Mina-Tahr me dit que ses Tibbous possédaient plus de cinq mille chameaux : pendant six mois, ils vivent uniquement du lait des femelles ; et pendant le reste de l'année ils cultivent dans leur sol stérile une quantité suffisante de Bossob, espèce de millet, pour fournir à leurs besoins. Auparavant, lorsqu'ils n'avaient presque aucune communication avec le Fezzan et le Bornôu, ils allaient presque nus, leur récolte de coton ne rendant pas assez, à cause de l'aridité de leur terre, pour qu'ils pussent se vêtir. A présent les kafilas leur apportent de l'indigo, du coton et des bandes de toile de lin, dont ils font des tobes ou tuniques et des manteaux.

Les Tibbous donnent en échange, quand ils n'exigent

pas ces marchandises en tribut, des peaux et des plumes d'autruche, et de la viande sèche de gazelle et de bœuf.

Les deux chevaux étaient très jolis, quoique petits : en les voyant si gras, je ne fus pas médiocrement surpris d'apprendre qu'on les nourrissait entièrement de lait de chameau, le grain étant trop rare et trop précieux chez les Tibbous pour le prodiguer ainsi. Les chevaux boivent le lait frais ou aigre; ce régime leur profite, car j'en ai rarement vu de mieux portants et de meilleure mine.

C'est une chose réellement surprenante que la crainte avec laquelle ces enfants du désert regardent les Arabes, et l'idée qu'ils ont que ce peuple est invincible; et cependant eux-mêmes sont vifs et actifs, ils ont les mouvements plus prompts et vont mieux à cheval que les Arabes; mais les fusils! les fusils! voilà ce qui cause leur terreur : une demi-douzaine de Tibbous marchent sur la pointe du pied en faisant le tour d'un arbre où un Arabe a déposé son fusil pour une minute, comme s'ils appréhendaient de troubler cette arme, et ne se parlent qu'à voix basse, comme si le fusil pouvait comprendre leurs paroles, et j'ose le dire, le priant de ne pas leur faire de mal, aussi ardemment que Vendredi en s'adressant au fusil de Robinson Crusoe.

Aucun Tibbou Gonda n'était au-dessous de la taille moyenne; tous étaient élancés et bien faits, ayant le visage cuivré, l'air pénétrant et intelligent, les yeux grands et saillants, le nez aplati, la bouche grande, les dents bien rangées, mais d'une teinte rouge foncée, à cause de l'usage immodéré de mâcher du tabac; ils ont le front élevé; ils placent très haut leur turban, qui est d'un bleu d'indigo foncé, et le ramènent sous le menton et sur le visage, dont il couvre toute la partie au-dessous du nez.

Ils ont quelquefois une vingtaine de charmes ou d'amulettes dans des étuis de cuir rouge, vert et noir, attachés aux plis de leur turban.

La plupart ont sur le visage des balafres qui dénotent généralement leur rang, et passent pour un ornement. Le cheik Mina-Tahr en avait une à chaque œil, et une de plus, en forme de croissant, de chaque côté du front. De même que chez les Arabes du nord, la dignité de cheik est héréditaire chez eux, pourvu que l'héritier en soit digne : un acte de lâcheté en rend incapable, et le commandement échoit au plus proche héritier. Mina-Tahr-ben-Sougo-Lammo était le septième en succession régulière. Sa tribu, qui porte le nom de Mafra-Gonda, est toujours dans le voisinage de Bir-Kachifery.

D'abord ma montre lui plut singulièrement; mais

bientôt je m'aperçus que son grand plaisir était de se mirer dans la partie brillante de l'intérieur. Ces gens sont d'une vanité excessive. Mina-Tahr portait les plus beaux habits qu'on eût jamais vus à Bir-Kachifery, par conséquent rien ne pouvait lui être plus agréable que de contempler sa personne ainsi parée. Je lui donnai un petit miroir, et aussitôt il alla se placer dans un coin de ma tente où, pendant des heures entières, il se regardait avec une satisfaction qui lui arrachait fréquemment des exclamations de joie, et que de temps en temps il témoignait également par des sauts et des cabrioles.

On regagna la route, et on marcha jusqu'à midi. Alors les chevaux burent au puits de Kammani (puits des moutons). On nous y apporta du lait excellent dans de très grands vases en jonc : quelques-uns tenaient deux gallons et plus.

Nous l'avions bu et reconnu sa bonne qualité, ainsi que le bien qu'il faisait à nos estomacs affaiblis, avant de nous apercevoir que c'était du lait de chameau.

Quiconque voyage én Afrique ne doit pas s'imaginer qu'il ne pourra pas souffrir une chose ni en endurer une autre. Il y a réellement lieu de s'étonner de la facilité avec laquelle le goût de l'homme se conforme à ce que la nécessité exige de lui. Six mois auparavant le lait de chameau eût produit sur nous l'effet d'un émétique; actuellement il nous paraissait un cordial rafraîchissant et agréable.

L'aspect du pays s'améliorait de mille en mille. Aujourd'hui nous longeâmes une vallée qui nous sembla délicieuse par sa belle verdure, ses plantes en fleurs, ses telloh et ses kassom. Vers le milieu du jour, on s'arrêta sous l'ombrage épais d'arbres touffus. La terre était couverte des branches rampantes de la coloquinte en pleine fleur, ce qui, avec les fleurs rouges du kassom pendantes sur nos têtes, donnait à notre campement un agrément infini.

Vers le soir, nous vîmes deux grands vautours noirs (*églon*, en bornouen); mais ils ne s'approchèrent pas assez pour que nous pussions les tirer. Au coucher du soleil, on dressa les tentes au milieu de fourrage pour nos chevaux.

Les chameaux, à moitié morts de faim, broutèrent les jeunes branches du telloh. Ce lieu se nommait Aououl-Moll (avant Moll).

1er février. — Dès trois heures du matin, nos gens commencèrent à empaqueter les bagages; au point du jour, nous nous mîmes en route. L'herbe, qui ressemblait beaucoup à l'orge sauvage, atteignait souvent au genoux des chevaux. Nous tuâmes aujourd'hui un des plus gros serpents que nous eussions vus. Les Arabes le nomment liffa : on dit que sa morsure est

mortelle, à moins que la partie blessée ne soit coupée
à l'instant. On croit, à tort, que le liffa est le nom géné-
rique des serpents; il n'appartient qu'à cette espèce,
qui a deux cornes, et est d'un brun clair. Ghreneim,
mon vieux chiaou, avait un pied estropié, dont il ne
pouvait pas beaucoup se servir, excepté à cheval;
infirmité causée par un de ces reptiles, quoique l'am-
putation de la partie infectée eût été effectuée : Ghreneim avait été retenu pendant treize mois dans sa
cabane, et avait cru qu'il ne guérirait jamais.

Les Arabes sont toujours aux aguets pour le pillage.
« C'est ma vocation (hal!). » Nul n'est honteux de
l'avouer. Dans cette occasion, ils servaient d'escorte
pour s'opposer aux brigands et non pour en jouer le
rôle.

Mais ils n'étaient pas plus contents d'être venus si
loin, et d'avoir fait si peu ; ils se formaient en petits
détachements pour pousser des reconnaissances de
chaque côté de la route, et n'aspiraient qu'au moment
de prendre ce qui s'offrirait. Un piéton ayant suivi les
traces d'un troupeau de moutons vers un village de
l'est de la route, vint donner avis de sa découverte;
mais ils croyaient que les habitants l'avaient vu, et
avaient abattu leurs tentes. Bou-Khaloum, une douzaine
de cavaliers, ayant chacun un homme en croupe,
partirent aussitôt pour le village situé au delà des

coteaux à l'est. Je sentis que je devais mettre obstacle au pillage. Je me joignis à eux.

Arrivés dans une belle vallée, troupeaux et tente, tout était parti.

Les pauvres bergers, dans leur frayeur, avaient abandonné le lieu avec tout ce qu'ils possédaient, sachant très bien ce qu'ils devaient attendre des Naz-Abiad (hommes blancs), nom qu'ils donnent aux Arabes : leur précaution même servit d'excuse au pillage, et il fut à l'instant décidé de les poursuivre : « Quoi ! ne pas rester pour vendre leurs moutons, les coquins ! eh bien, nous les prendrons sans payer. » Nous fouillâmes deux vallées sans découvrir les fugitifs, je commençais à espérer qu'ils avaient éludé la poursuite de leurs ravisseurs ; mais, après avoir traversé un ravin profond et escaladé le coteau qui le bordait, nous aperçûmes à peu près deux cents têtes de bétail, et une vingtaine de Tibbous, hommes, femmes, enfants, avec dix chameaux portant les tentes et tous les effets. Les Arabes en croupe mirent aussitôt pied à terre, et, poussant un grand cri, se précipitèrent en bas du coteau : les uns se placèrent devant le bétail, de crainte qu'il n'échappât, et aussitôt le pillage alla son train avec une vitesse incroyable. Les chameaux furent à l'instant couchés à terre, et toute leur charge fut enlevée ; les femmes et les filles, laissées toutes nues, levaient les mains vers moi, mais leur sauver le vie était tout ce que je pouvais faire. Un cheik et un marabout m'assurèrent qu'il était très légitime (hallal) de piller les gens qui abandonnaient leurs tentes au lieu d'approvisionner les voyageurs. Bou-Khaloum arrive, les malheureux lui adressent leur supplique, je vois que leurs larmes l'émeuvent, en même temps qu'il est honteux du chétif butin que ses gens ont fait. Je saisis le moment favorable, et je propose que les Arabes tirent de dessous leurs barracans les vêtements qu'ils avaient arrachés de dessus le corps des femmes. J'éprouvai une joie véritable, lorsque, après avoir pris dix moutons et un bœuf, nous abandonnâmes ces pauvres créatures à leur destinée. S'il fût arrivé un plus grand nombre d'Arabes, ils les eussent dépouillées de tout. A la nuit close, nous campâmes à Moll.

On marcha comme la veille dans une grande vallée bordée à droite et à gauche par des coteaux peu élevés. Vers midi, on descendit un peu, et l'on entra dans une plaine vaste et fertile, et entièrement couverte d'arbres et de broussailles : cela ressemblait à ce qu'on nomme en Europe une réserve.

Une heure avant le coucher du soleil nous arrivâmes dans un endroit qui présentait l'aspect du fond d'un lac; on y trouva le puits de Koféi, si désiré. Les chevaux n'avaient pas bu depuis le 31 janvier; quoique près de tomber de faiblesse sur la route, ils devinrent indomptables en arrivant au puits.

Bou-Khaloum, pensant qu'il convenait de prévenir de notre arrivée prochaine le cheik El-Kanémy, qui, suivant ce qu'on lui avait dit, résidait alors à Kouka, lui avait dépêché, le 31 janvier, un Tibbou monté sur un chameau, avec un homme de Mina-Tahr, le gondowi, pour l'accompagner. A l'arrivée des Arabes, qui nous avaient précédés à Koféi pour nettoyer les puits, le Tibbou fut trouvé seul et nu ; il raconta que les Arabes Tibbous de la tribu d'Ouandéla l'ayant rencontré près du puits, la veille au soir, lui avaient volé jusqu'à son bonnet et lui avaient pris ses lettres, en lui disant qu'ils se moquaient du cheik, comme de Bou-Khaloum, puis ils avaient attaché ce malheureux à un arbre et l'avaient laissé.

Ce fut dans cet état que nos gens le trouvèrent. M. Clapperton qui arriva bientôt après, lui donna du biscuit qu'il tira de son sac. Les hommes qui avaient dépouillé le Tibbou étaient au nombre de dix-huit : ils avaient emmené le chameau et l'homme de Mina-Tahr, qui, dirent-ils, serait racheté par une bonne rançon, ou bien aurait le cou coupé. Mina-Thr représenta ces voleurs comme la pire engeance de la route, sous tous les rapports : « Ils n'ont pas de troupeaux, ajouta-t-il, et pas plus de trois cents chameaux, quoiqu'ils soient au nombre de mille et plus; ils vivent de pillage, et n'ont de liaison avec aucune tribu. Une troupe considérable ne peut les suivre, leurs tentes sont dans le cœur du désert, il n'y a pas de puits à quatre journées de distance de leur repaire. Ghidy ben Agah est leur chef. Ah le coquin! je donnerais cinquante chameaux pour sa tête; ce sont ces gens-là qui souvent attaquent et assassinent les voyageurs et les petites kafilas. Les gondowis, qui respectent les étrangers, le savent bien. »

Les Tibbous de Traïta et leur chef, Escou ben Coglou, vinrent dans la soirée pour nous saluer. Le puits de Koféï **leur** appartient; ils parurent très courroucés de la conduite des Ouandéla. Ce chef rendit à Bou-Khaloum ses lettres, que le cheik de ceux-ci lui avait renvoyées le matin, nous dit-il, en le priant d'aller trouver la kafila au puits et de les remettre à Bou-Khaloum : « Si j'avais su alors, ajouta-t-il, ce qui s'est passé depuis, j'aurais tué l'esclave sur le tombeau de mon père plutôt que de rendre tes lettres. » Bou-Khaloum enrageait de ces propos; je craignais qu'il ne se vengeât sur les chefs des Traïta; cependant on donna des vêtements au courrier de Tibbou, on lui fournit un cheval, et il partit encore une fois pour le Bornou. Les Tibbous-Traïta ont meilleur air que ceux de Gounda, mais moins de vivacité et d'activité. On dit que leur tribu ne compte pas plus de huit cents cavaliers.

On voyagea d'abord droit au sud, à travers un pays
bien boisé, et on dérangea un troupeau d'antilopes fort
grandes, de couleur fauve foncée, avec des raies noires
et blanches sous le ventre. Les pintades étaient très
nombreuses mais extrêmement farouches. Vers le coucher du soleil nous arrivâmes à Mittimi, mot qui, dans
la langue du Bornou, signifie tiède, chaud. Il y a plus
de cinquante puits dans un enfoncement couvert de
groupes de telloh et d'autres arbres de la famille des
mimosas, entrelacés de kossom et de toutes sortes de
plantes parasites et sarmenteuses, qui embrassent les
troncs, se roulent jusqu'aux extrémités des branches,
et grimpent jusqu'au faîte, d'où en retombant elles
forment des berceaux magnifiqnes; il était difficile de
voir une retraite plus belle et plus agréable.

Nous étions allés en avant, Bou-Khaloum, six Arabes
et moi; on disait que nous avions perdu notre chemin,
et que nous ne trouverions pas le puits. La journée
avait été d'une chaleur étouffante : mes compagnons
étaient malades et fatigués, nous étions tourmentés de
la crainte de manquer d'eau; une poussière fine pro-
duite par un terrain légèrement argileux et sablonneux
avait accru nos souffrances. Les exclamations des
Arabes, qui, les premiers, découvrirent les puits, furent
réellement harmonieuses pour nos oreilles. Après avoir
étanché ma soif et celle de mes animaux, épuisés

de fatigue, je me couchai près d'un des puits les plus éloignés, à une grande distance de mes compagnons. Ces instants de tranquillité, la fraîcheur de l'air, la mélodie d'un nombre infini d'oiseaux perchés dans les touffes des plantes grimpantes, dont les fleurs répandaient une odeur balsamique, furent pour moi un soulagement bien difficile à décrire; mais bientôt la bruyante kafila et les nuages de poussière qui l'accompagnaient vinrent troubler la délicieuse rêverie dans laquelle j'étais plongé.

Avant d'arriver à Lari, nous rencontrâmes deux camps de Tibbous-Traïta qui se qualifiaient de gens de cheik. Leurs cabanes n'étaient pas nombreuses, mais bâties régulièrement en carré, avec un espace vide au nord et au sud pour le bétail; elles étaient entièrement en natte, qui préservait du soleil, en laissant passer l'air et la lumière. Dans le beau temps, ces habitations sont préférables aux bete-chars ou tentes des Arabes du nord. L'intérieur en était extrêmement propre; des gamelles bien nettes, ayant chacune un couvercle en claie, et servant à conserver le lait, étaient suspendues aux parois. Au milieu de l'enclos, il y avait à peu près cent cinquante bêtes qui mangeaient à la crèche, c'étaient principalement des vaches laitières, des veaux et des brebis.

Les Tibbous nous reçurent d'abord très bien, mais

ensuite ils se fièrent un peu trop sur la protection du
cheik Kanêmy qu'ils réclament ou qu'ils dédaignent
suivant que cela convient à leurs projets. Ils refusèrent
la demande modeste d'un homme qui, à la tête de deux
cents Arabes armés, les priait de lui donner un peu de
lait. Les Arabes se fâchent promptement, une expression de mécontement de la part de leur chef fut suivie
d'une attaque si rapide, qu'avant que j'eusse pu monter à cheval la moitié du troupeau était enlevée, et le
cheik châtié par une rude bastonnade. Cependant Bou-
Khaloum était trop bon pour vouloir faire du tort à ces
gens ; après qu'on eut parcouru près d'un mille, il leur
rendit leurs bestiaux, en leur recommandant d'être à
l'avenir plus accommodants. Accoutumés comme le sont
ces peuples à se piller les uns les autres, ils ne s'attendent pas à être mieux traités par les gens qui leur rendent visite, pourvu qu'ils soient assez forts. Hommes et
femmes sont des Spartiates parfaits pour voler.

Pendant que je me tenais debout près de mon cheval,
une vieille femme assise à la porte d'une des maisons
m'envoya une très jolie fille, dont les gros colliers
d'ambre, la tête enduite de graisse et les pendeloques
de corail au nez et aux oreilles annonçaient la haute
qualité; c'était pour voir si elle ne pourrait rien me
prendre. Après avoir reçu mon mouchoir et quelques
aiguilles, elle profita du moment où j'avais la tête tour-

née pour mettre la main dans la poche de ma selle, afin d'y trouver de la verroterie, parce qu'elle savait, me dit-elle, que j'en avais une quantité.

Un autre repaire de Traïta beaucoup plus considérable était un peu plus loin à l'est de la route ; ceux-là sont riches en troupeaux.

Vers deux heures après-midi nous arrivâmes à Lari, éloigné de dix milles de Mittimi. En gravissant le terrain où cette ville est située, nous aperçûmes toutes les femmes et la plupart des hommes avec leurs familles s'enfuyant à travers la plaine de tous les côtés tant la force de notre kafila les avait alarmés.

Mais la tristesse que ce spectacle déplorable nous causait fit bientôt place à une sensation toute différente lorsque nous découvrîmes plus loin, à moins d'un mille des lieux où nous étions, le grand lac Tchad réfléchissant les rayons du soleil. La vue de cet objet si intéressant pour nous, produisit en moi une satisfaction et une émotion dont aucune expression ne serait assez énergique pour rendre la force et la vivacité. Mon cœur battait avec violénce, car je pensais que ce lac était la clé du grand problème dont nous cherchions la solution ; j'implorai en silence la bonté divine pour qu'elle nous continuât sa protection, qui nous avait mis en état de venir de si loin, bien portants et vigoureux même pour accomplir notre tâche.

Il se passa longtemps avant que les efforts de Bou-Khaloum parvinssent à rendre la confiance aux habi-tants de Lari. L'année précédente ils avaient été pillés par les Touariks, quatre cents de leurs compatriotes avaient été égorgés. Peu de jours auparavant une troupe de ces mêmes bandits était venue de nouveau les piller, mais seulement en partie. Enfin, quand ils furent bien per-suadés que nous ne leur voulions pas de mal, les fem-mes arrivèrent en foule avec des paniers de gossol, de gafouli, de volailles et de miel, que nous achetâmes avec de petits morceaux de corail et d'ambre de la qualité la plus grossière, et de la verroterie. Un mar-chand donna pour un agneau deux morceaux d'ambre qui en Angleterre auraient bien valu deux pence (20 centimes) la pièce. Pour deux aiguilles on avait une poule et pour une poignée de sel, quatre à cinq beaux poissons du lac.

Lari est habité par les Kanembou ; les femmes sont des négresses au visage agréable et gai ; elles étaient toutes nues, mais nous y étions si habitués, que cela ne nous causait plus ni émotion ni surprise. La plupart avaient un morceau triangulaire d'argent ou de fer-blanc qui pendait derrière la tête à leurs cheveux arrangés en tresses étroites tout autour du cou.

Au lever du soleil, j'étais sur le bord du lac. Des troupes d'oies et de canards sauvages, du plumage le plus beau, nageaient tranquillement à moins d'une portée de pistolet de l'endroit où j'étais. N'étant pas un chasseur très ardent ni très cruel, termes qui me paraissent synonymes, mes projets de destruction furent ébranlés, car je ne pouvais me résoudre à donner la mort à tous ces oiseaux, qui, ne connaissant pas mes desseins, semblaient s'être rassemblés pour me féliciter sur mon arrivée. A mesure que je m'avançais vers eux, ils se contentaient de changer de place, un peu à droite ou à gauche, et semblaient n'avoir pas la moindre idée de mes intentions hostiles. Tout cela était si nouveau pour moi, que j'hésitai ; je ne voulais pas abuser de la confiance avec laquelle toutes ces créatures me regardaient, et je m'assis pour contempler le spectacle que j'avais devant moi. Des pélicans, des grues hautes de quatre à cinq pieds, de couleur gris mêlé et blanc, n'étaient qu'à quelques pas de moi, de même qu'un oiseau qui tenait le milieu entre la bécasse et la bécassine, qui ressemblait à chacune d'elles et était plus grand ; de très grandes spatules d'un blanc de neige, des sarcelles, des râles, des pluviers à jambes jaunes, et une centaine d'espèces d'autres oiseaux aquatiques, nouveaux pour moi, jouaient sous mes yeux. Il se passa longtemps avant que je pusse me résoudre à troubler la tranquillité des habitants de ces eaux en tirant un coup de fusil.

Le terrain près des bords du lac était vaseux, noir
et ferme. Je voyais une preuve de la grande hauteur à
laquelle l'eau s'élève, et de la distance à laquelle elle
se retire, par des tiges de gossob de l'année précédente
qui étaient debout dans le lac, à plus de cent vingt
pieds de la rive. L'eau est douce et de très bon goût,
le poisson y est très commun. On le prend d'une singulière manière. Une quarantaine de femmes sont dans
le lac avec leur pagne passé entre les jambes et noué
autour des reins ; elles se rangent sur une ligne, le
visage tourné vers la terre, à un certain éloignement
des bords, car il est peu profond dans leur voisinage,
et poussent les poissons devant elles en les serrant de
si près, qu'on les prend avec la main, ou qu'ils sautent
à terre. Nous en achetâmes quelques-uns ; le meilleur
était une espèce de brême.

Pendant que j'étais sur la rive du lac, il arriva une
chose qui prouve que la bienveillance que j'avais
montrée aux Arabes n'était pas perdue, et qui vient à
l'appui de mon opinion, qu'il n'existe pas de peuple
tellement sauvage dont on ne puisse gagner la confiance
et le respect par la douceur, la bonté, la franchise et
la générosité. Un agneau, la plus innocente des créatures, n'alarme-t-il pas un enfant qui le voit pour la
première fois? Afin d'approcher plus aisément des
troupes d'oiseaux qui m'entouraient, j'avais laissé mon

cheval, qui jugeant probablement qu'il trouverait
quelque chose plus de son goût à nos tentes, qu'à l'endroit où j'étais, se débarrassa de sa bride, et retourna
d'où il était parti. En même temps, une des femmes
affranchies trouva mon burnous, qui était tombé de dessus la selle, et alla le porter à Bou-Khaloum. Ces deux
incidents causèrent de grandes inquiétudes; on apprit
d'ailleurs que l'on avait vu venir deux canots du sud-
est, direction dans laquelle sont les îles habitées par
les Biddoumah, peuple qui vit du pillage qu'il fait sur
le continent, et qui emporte tout ce qui lui tombe sous
la main. C'en fut assez pour que Bou-Khaloum crût
que j'étais enlevé, ou que je courais un grand danger.
Aussitôt plusieurs chefs arabes, et même des marchands,
s'armèrent et montèrent à cheval pour me chercher.
Ils me trouvèrent enfin sur le lac, parmi les tiges de
gossob, chargé de plus d'oiseaux que je ne pouvais en
porter, et eurent beaucoup de peine à se persuader que
je n'avais vu ni bateaux ni ennemis. La crainte que les
habitants paraissent avoir de ces couras, ou insulaires,
égale presque celle que leur inspirent les Touariks;
mais les premiers sont moins rapaces et moins sangui-
naires dans leurs incursions. Leurs habitations sont à
trois ou quatre jours de distance au sud-est, vers le
milieu du lac.

Le soir, j'allai à Lari. Cette ville est sur une émi-

nence; sa population est probablement de deux mille
âmes; ses cabanes sont construites avec les joncs qui
croissent sur les rives du lac, ont le toit conique et
ressemblent beaucoup aux meules de blé que l'on fait
dans les champs de plusieurs pays de l'Europe. Elles
sont entourées d'une clôture faite avec la même plante;
des passages, arrangés comme des labyrinthes conduisent à la porte. On voit dans l'enclos une ou deux
chèvres, des poules, et quelquefois une vache. La plupart des femmes filaient du coton, qui croît bien,
quoique en petite quantité, près de la ville et du
lac.

L'intérieur des maisons est propre; elles sont entièrement circulaires; l'air et la lumière n'y pénètrent que
par la porte, qui est fermée avec une natte. J'entrai dans
une de celles qui avaient la meilleure apparence, bien
que le propriétaire ne m'y encourageât nullement par
son air gracieux, car il était sur mes talons, tenant à la
main sa lance et son poignard. Dans un coin, il y avait
un sofa, composé de joncs entrelacés, et soutenu par
six pieds fichés solidement en terre; il servait de lit, et
était couvert de peaux de chat-tigre et de bœuf sauvage. Le long des parois étaient suspendues les gamelles
employées pour l'eau et le lait, un grand bouclier était
appuyé contre la paroi. La case était partagée en deux
par des nattes, la moitié étant réservée aux femmes.

Mon hôte me regardait d'un air si soupçonneux et paraissait si peu satisfait de ma visite, malgré tous mes efforts pour lui assurer que j'étais un ami, que je m'empressai de sortir pour continuer ma promenade.

Nous éprouvâmes tous un bien vif plaisir ce matin, au départ d'une trentaine d'esclaves affranchis qui nous quittèrent pour retourner au Kanem, leur pays, éloigné de trois jours de route à l'est. La veille on m'avait prié d'intercéder auprès de Bou-Khaloum pour qu'il leur accordât cette permission, car ayant appris que le cheik était en guerre avec plusieurs chefs du Kanem, il avait d'abord eu le projet d'emmener ces gens au Bornou, de crainte que sur la route ils ne fussent dépouillés du peu qu'ils avaient épargné dans leur esclavage. Mais ces pauvres créatures ayant trouvé au marché de Lari quelques-uns de leurs compatriotes qui leur assurèrent que la route était parfaitement sûre, Bou-Khaloum consentit à leur demande, quoique avec une répugnance évidente, par intérêt pour eux. Avant de partir, ils lui baisèrent la main en pleurant et le comblant de bénédictions. La plupart avaient été au service du pacha, quelques-uns pendant plusieurs années : ils retournèrent pour mourir dans le pays de leurs pères. Une pauvre femme sourde et muette avait répandu un torrent de larmes depuis qu'on lui avait fait entendre par signes qu'elle allait partir pour le Bornou. Mekni, le dernier sultan du Fezzan, qui n'épargnait ni le sexe, ni l'âge, ni les infirmités, l'avait emmenée à Tripoli. Elle avait laissé deux enfants chez elle; elle en tenait dans ses bras un troisième qu'elle nourrissait, lorsque les Arabes la prirent. Au bout de dix jours de marche dans le désert, il lui fut arraché des bras, afin qu'elle pût suivre les chameaux. Ses gestes en décrivant la manière dont on le lui avait enlevé pour le jeter sur le sable où il devait périr, et les coups qu'on lui avait appliqués, infirme et épuisée qu'elle était, pour lui faire hâter sa démarche chancelante, étaient si expressifs qu'ils navraient de douleur.

Tous ces affranchis vivaient amicalement avec moi depuis cinq mois. J'avais rendu service à quelques-uns en portant sur mon cheval et mes chameaux leurs sacs de zoumita ou de sel. Ils ne furent pas ingrats et notre séparation eut quelque chose d'affectueux et de touchant qui sembla étonner beaucoup les Arabes, accoutumés à regarder les nègres comme des êtres dégradés.

En sortant de Lari, nous entrâmes immédiatement dans une grande forêt d'acacias, où les broussailles étaient très hautes. Nous étions à peine à quelques centaines de pas de la ville, que nous rencontrâmes de grands tas de fiente d'éléphant qui formaient des buttes hautes de quatre pieds : les traces de ces animaux

devinrent plus nombreuses à mesure que nous avançâmes.

Pendant une partie de la route, nous longeâmes
les bords du lac Tchad où elles étaient fort larges et
faites seulement depuis quelques heures; des arbres
entiers étaient brisés dans les endroits où ils avaient
pâturé les jeunes arbres; les arbrisseaux, les broussailles, tout avait été écrasé par le poids de leur corps
dans les lieux où ils s'étaient couchés.

Aujourd'hui on tua une couleuvre énorme et d'un
aspect hideux, mais qui n'était pas venimeuse; elle
avait dix-huit pieds de long. Atteinte de cinq coups de
fusil, elle remuait encore. Deux Arabes, avec leurs épées,
séparèrent presque la tête du corps. On l'ouvrit et on
lui trouva dans le ventre plusieurs livres de graisse que
nos deux guides tibbous prirent soigneusement, parce
qu'elle passe chez eux pour un remède souverain dans
les maladies du bétail.

A peu près à un mille plus loin, nous vîmes bondir
à l'ouest des bêtes fauves, que je pris d'abord pour des
cerfs; j'en étais fort près, mais je n'avais pas mon fusil;
je reconnus que c'était l'animal nommé par les Arabes
bograhammar-ouabach (vache rouge sauvage). Il me
parut tenir du bœuf et du buffle avec une bosse sur le
garrot.

On bivouaqua près de Naïagami, petit assemblage de

cabanes dans un canton charmant et tellement boisé, que nous eûmes de la peine à trouver un espace suffisant pour asseoir notre camp. Pendant qu'on dressait nos tentes, le cri des sangliers se fit entendre : un homme de la troupe alla du côté indiqué ; à son retour, il dit qu'il avait vu un lion, et près de lui sept gazelles. Cependant je ne pus parvenir à apprendre des Tibbous que l'on eût jamais vu des lions dans ce canton ; beaucoup d'autres animaux paraissent y être très communs, ce que confirme ce qu'il avait aperçu.

On partit à huit heures en compagnie de deux Arabes de Bou-Seïf. M'étant un peu éloigné à l'ouest de la caravane, je suivis une marche parallèle à celle des chameaux. Des oiseaux du plus beau plumage étaient perchés sur presque tous les arbres ; les pintades se montraient par groupes de quatre-vingts à cent ; les singes babillaient en nous regardant d'une manière si impudente, qu'en ayant séparé un de ses compagnons, nous le poursuivîmes pendant près d'une demi-heure ; il ne courait ni très vite, ni droit devant lui ; il faisait des détours à droite et à gauche, regardant en arrière pour voir qui le serrait de si près. C'était un bel animal, d'une couleur brun clair avec le tour du museau noir.

Vers midi, nous entrâmes dans le Barra, village de quelques cases. Quoique nous ne fussions que trois, les habitants s'enfuirent de tous côtés. En approchant, nous leur fîmes des signes, et nous descendîmes de cheval pour leur inspirer de la confiance, puis nous nous assîmes à l'ombre d'un grand tamarin. Un vieux nègre, qui parlait un peu l'arabe, osa le premier s'avancer; voyant qu'on ne lui faisait pas de mal, les autres imitèrent bientôt son exemple. Je demandai un peu de léban, ou lait aigre, boisson très rafraîchissante pour des gens qui ont voyagé à cheval dans le moment le plus chaud de la journée; mais il fut impossible d'en obtenir avant que ces gens fussent bien assurés que je le paierais. A la vue de la piastre, ils se mirent à danser et à cabrioler comme de vrais singes. J'avais un peu de biscuit dans ma gibecière; j'en mangeai, ce qui leur causa une surprise extrême; le premier à qui j'en donnai refusa d'y goûter; un autre, plus hardi, en mit un petit morceau dans sa bouche, et témoigna avec des gestes si extravagants qu'il le trouvait bon, que tous les autres en demandèrent à grands cris et ma provision fut bientôt épuisée. J'en refusai longtemps à celui qui avait montré de la défiance; ce qui divertit beaucoup ses camarades.

J'avais promis aux Arabes de partager avec eux un mouton, pourvu qu'ils n'en volassent pas; je fis signe que je désirais en acheter un. Aussitôt deux hommes partirent, disant qu'ils allaient en apporter un très gros. Pendant leur absence, les autres prirent un plaisir infini à ouvrir et à fermer mon couteau de poche. Le mouton arriva; il était très chétif; ces gens essayèrent sérieusement de me faire comprendre qu'il était très beau. Les Arabes déclarèrent qu'il n'était bon à rien; c'est pourquoi, bien que j'eusse envie de le trouver à mon gré, je remis ma piastre dans ma poche, et je m'approchai de mon cheval. A ma surprise extrême, toute la troupe, poussant de grands cris, se mit à ballotter le vendeur du mouton et à danser autour de moi. Un beau mouton bien gras fut amené derrière la foule. Il paraît que cela n'était qu'une manigance et qu'on ne m'avait offert le premier que pour voir si j'aurais assez de sagacité pour discerner le gras du maigre. Quoiqu'il n'en fallût pas beaucoup pour faire cette distinction, l'épreuve dont je m'étais si bien tiré me fit gagner beaucoup dans l'estime de ces bonnes gens.

La petite réunion de cases couvertes en chaume où ils vivaient était dans une position agréable, sur un terrain en pente au milieu d'une forêt d'une belle végétation, quoique peu touffue, à peu près à trois milles de Woudie. Les puits sont dans une ravine ombragée par des palmiers, les premiers que nous eussions vus depuis le désert. Il y avait des auges pour plus de cent cinquante animaux. Un des vieillards nous accompagna jusqu'à Woudie, service dont il fut récompensé par deux grains de corail et un peu de tabac en poudre.

Nous trouvâmes nos tentes près de Woudie. Notre kafila avait parcouru près de quatorze milles sans s'écarter beaucoup des bords du lac. On vit deux éléphants nageant dans ses eaux. L'un d'eux, qui appartenait à une troupe peu éloignée, resta vis-à-vis de la kalifa. Hillmann, souffrant de faiblesse et de fatigue, était allé en avant de son mulet et s'était reposé à l'ombre de ce qui lui paraissait un bosquet délicieux, et y attendait les chameaux. Il ne s'attendait nullement à voir un éléphant; cependant, il n'était qu'à une vingtaine de pas d'un fort gros et ne s'en doutait pas. L'animal, frappé d'une lance que lui jeta un Arabe, s'en alla en mugissant; l'alarme du pauvre Hillmann fut extrême.

En me promenant le long du lac, quelques moments après le lever du soleil, je fus surpris de voir combien l'eau était montée depuis la veille. Une étendue de plus de deux milles du bois était inondée entièrement: l'eau avait couvert les plantations de coton. Si le terrain était débarrassé d'arbres, ce qui ne serait pas une tâche difficile, la plupart étant des telloh qui ne sont pas gros, on pourrait y cultiver toutes sortes de végétaux.

Le courrier, vêtu de nouveau et monté sur un autre chameau, avait été expédié une seconde fois vers le cheik pour recevoir ses ordres. Nous devions rester à Woudie pour y attendre une décision. Tous les princes nègres ont tant de défiance et de soupçon des intentions des Arabes que l'on faisait toutes sortes de conjectures sur la réponse du cheik : les uns disant qu'il leur accorderait, d'autres qu'il leur refuserait la permission de venir plus près de la capitale.

Un fsog ou marché se tenait à un mille de la ville, il a lieu une fois par semaine. Les femmes y arrivaient en foule des villages voisins, montées sur des bœufs auxquels on passe une longe de cuir à travers le cartilage du nez, quand ils sont jeunes, et que l'on conduit avec beaucoup de facilité; c'était une vue singulière. Une peau est étendue sur le dos de l'animal, tout ce qu'il doit porter au marché y est suspendu, puis la femme s'y assied. Ces denrées consistent en lait aigre et doux, un peu de miel, de la volaille, du gossob, du gafouly, de la graisse, du melohi (ochra), herbage vert qui, mêlé avec du bezin, est mangé avec avidité par tous les nègres et aussi par les crhétiens, comme je l'ai reconnu ensuite. Les hommes amènent au marché des bœufs, des moutons, des chèvres, des esclaves: ces derniers étaient en petit nombre et en pauvre état.

Woudie, capitale ou beled-kebir d'un canton, est gouvernée par un cheik, qui est eunuque et un personnage d'une grande importance. Les habitants semblent avoir en abondance toutes les choses nécessaires à la vie, et sont les êtres les plus indolents que j'aie jamais vus. Les femmes filent un peu de coton et en tissent une toile grossière, dont la largeur est à peu près de six pouces. Les hommes sont étendus toute la journée dans leur case sans rien faire, ou bien à l'ombre d'un bâtiment formé de quatre poteaux et d'un toit en chaume, et situé dans une place entourée de cases ; ce lieu est aussi la cour de justice et l'oratoire. Les hommes sont de grande taille et de structure athlétique ; mais leur physionomie est fade et stupide.

Woudie est à peu près à un mille à l'ouest du Tchad et à quatre petites journées de marche de Bornou. Le gibier de toutes les sortes vient à moins d'un jet de pierre de la ville, et le lac abonde en poissons et en oiseaux aquatiques ; mais les habitants sont si indolents, qu'un peu de poisson était tout ce qu'on voyait exposé en vente du produit de leur travail.

Les femmes, de même que les Tibboues, ont un pagne carré de toile bleue ou blanche attaché sur une épaule ; c'est leur unique vêtement ; leur coiffure est réellement singulière : je n'en vis pas une seule, même parmi les plus jeunes, qui eût tous ses cheveux.

Dès leur enfance, on leur rase la tête, à l'exception du sommet, d'où les cheveux tombent tout à l'entour depuis le front jusqu'à la nuque; on en fait une tresse bien compacte qui, par devant descend à plat jusqu'au-dessus des yeux, et, par derrière, se termine par une petite boucle; ce qui ressemble aux perruques dont les cochers en Angleterre étaient affublés il y a quelques années. Malgré cette mode bizarre, quelques-unes de ces femmes sont très jolies.

J'allai à l'est pour examiner l'étendue de la forêt, et voir, si c'était possible, un troupeau de cent cinquante éléphants, que nos Arabes avaient aperçu la veille, pendant que leurs chameaux paissaient. Mon attente fut remplie. Je rencontrai ces animaux à six milles de la ville, dans les terres annuellement inondées par les eaux du lac, où l'herbe très grosse atteint une hauteur de dix pieds. Il semblaient couvrir la surface du terrain, et je crois que leur nombre était plus considérable qu'on ne me l'avait dit. Quand l'eau couvre ces pâturages, qu'ils préfèrent, ils sont forcés par la faim de s'approcher des villages et des villes, et dévastent tout le pays où ils passent; des champs cultivés qui portent la subsistance des habitants pour l'année sont quelquefois ravagés en une seule nuit.

Indépendamment des éléphants, je ne vis que de

grandes antilopes, un renard et deux sangliers, quoique je battisse tous les halliers. Nous avons poursuivi
une demi-douzaine de ces antilopes pendant plus de
trois heures; elles se contentaient de changer de place,
sans que nous les perdissions de vue; mais elles ne
nous laissaient pas arriver assez près pour que nous
pussions hasarder un coup de fusil. Accablé de fatigue,
je me dirigeai vers des cabanes, et je demandai un
peu de lait doux ou aigre. Non, jamais hôtelière
madrée n'éplucha le caractère d'une de ses pratiques
plus que ne fit le nègre ignorant, mais rusé, que nous
trouvâmes là. Il dit d'abord qu'il n'avait pas de lait,
quoique les gamelles ne fussent pas à dix pas derrière
lui, ensuite il me demanda ce que j'avais pour le payer.
Je n'avais rien, je lui offris mon mouchoir, qu'il me
rendit comme n'ayant aucune valeur; j'étais sur le
point de m'en aller, quoique je fusse éloigné de dix
bons milles des tentes, et très altéré, lorsque mon
Arabe m'indiqua une aiguille qui tenait à ma casaque;
pour cet objet et un grain de verre teint blanc, que
l'Arabe montra, nous eûmes une jatte de bon lait et
un panier de noix; cela nous rafraîchit, et nous retour-
nâmes chez nous en longeant le lac; je tirai sur ses
bords une belle grue et un pic. J'aperçus une troupe
de cinq cents pélicans au moins, mais je n'en approchai
pas assez pour pouvoir les tirer.

Depuis dix-huit jours, nous avions vu la surface du
pays couverte d'une plante dont le calice était si garni
de piquants, qu'ils nous incommodaient horriblement;
ces piquants étaient aigus et pénétrants à un degré
qu'il est difficile d'imaginer : ils s'attachaient à toutes
les parties de notre habillement. Les pointes en étaient
si menues, qu'il était impossible de les extraire sans les
rompre, de sorte qu'il en restait une portion; si nous
marchions, il fallait à chaque instant en débarrasser
nos pieds; nos nattes, nos couvertures, nos pantalons
étaient remplis de cette incommodité irritante; il n'y
avait pas moyen de nous en délivrer. La graine de
cette plante porte le nom de kachoïa, et se mange.

Deux officiers du cheik étaient arrivés la veille
au soir, ils étaient porteurs de lettres et d'un présent
de gourou, ou noix du Soudan. Les Tripolitains en font
beaucoup de cas; elles ont un goût d'amertume qui
n'est pas déplaisant; après qu'on en a mangé, l'eau
même la plus mauvaise a une saveur agréable; les
Arabes les nomment le café du Soudan.

Les lettres invitaient Bou-Khaloum à continuer sa
marche vers Kouka, avec tout son monde; grande
marque de confiance dans les dispositions pacifiques de
notre chef. Ces messagers avaient pour vêtement un
bornouse, un turban et un bonnet rouge : ils nous donnèrent quinze bœufs, six moutons, et dix-sept kaïls de

gossob. En partant pour retourner chez eux, ils pro-
mirent à Bou-Khaloum que de nouvelles provisions
seraient tenues prêtes pour ses gens à Yeou, situé à
deux journées de marche plus près de la capitale du
Bornou.

Il était presque nuit quand nous arrivâmes à Beurcwha. Après les quatre premiers milles, nous nous
écartâmes beaucoup du lac, car la route depuis ce point
se détourne vers l'est.

Beurcwha, première ville que nous eussions vue
dans le pays des nègres, est murée et peut passer pour
forte dans ces contrées : en effet, les habitants ont toujours défié les maraudeurs touariks, qui n'y sont
jamais entrés. Le mur a près de quatorze pieds de hauteur, et est entièrement entouré d'un fossé sec. Il y a
un chemin couvert qui aide les habitants à lancer leurs
lances contre les assiégeants, et à se cacher incontinent;
il n'y a que deux portes placées à peu près est et ouest :
comme ce sont les parties les plus exposées aux
attaques des ennemis, elles sont protégées par un morceau de terre de chaque côté prolongé au moins à
soixante pieds en avant de la porte, et dont les flancs
sont presque perpendiculaires. Ces postes avancés sont
toujours bien garnis d'hommes, et les habitants con-
çoivent qu'ils forment une excellente défense pour
leur mur; mais ils n'ont pas calculé qu'ils peuvent être

abandonnés, et que, si l'ennemi s'en emparait une fois il commanderait complètement la ville, puisque de là on en distingue toutes les parties. Du reste, Beurewha est une place forte, si l'on considère les moyens d'attaque dont les Arabes sont pourvus, et son aspect nous frappa singulièrement. Cette ville couvre probablement une étendue de terrain égale à trois quarts de mille carrés, et renferme à peu près 6,000 âmes.

Avant notre départ, j'allai faire un tour à cheval dans Beurewha. Les principales cases ont dans leur petit enclos une ou deux vaches, quelques chèvres et des poules. On porta dans une de ces maisons un fort beau poisson qui paraissait rôti ou grillé; j'en aurais volontiers fait mon déjeuner. Partout je vis du gossob dans de grands paniers et sur la paille. A la porte de la plupart des huttes, les femmes étaient occupées à filer.

Pendant la plus grande partie de la journée, je me tins auprès de Min-Ali-Tahr, cheik des Tibbous-Gondowi, qui nous accompagnait au Bornou. Il avait eu quelque différend peu important avec le cheik de ce pays, dont il était absolument indépendant. Bou-Khaloum, toujours politique, avait entrepris d'arranger le malentendu afin de montrer par là son crédit et s'assurer en même temps, pour l'avenir, de l'amitié de Tahr, dont le territoire était constamment regardé comme le plus dangereux du pays des Tibbous sur la route de Mourzouk. Tahr était un homme intelligent et fin : il parlait un peu l'arabe, et m'avait souvent adressé beaucoup de questions sur mon pays et sur mon sultan. Il m'interrogea aujourd'hui plus qu'à l'ordinaire.

« Praïskhali, me dit-il, que ferait ton sultan à Min-Ali, si celui-ci allait en Angleterre? me tuerait-il? me retiendrait-il prisonnier? J'y passerais volontiers un mois. Je lui répondis : — Tu n'éprouverais aucun de ces traitements : il serait plutôt disposé à te faire un beau présent, puis il te renverrait. — Oh! je lui porterai quelque chose, mais que pourrais-je lui donner? — Rien que la peau d'une douzaine d'autruches, des dents d'éléphant, et une peau de lion. La valeur du présent ne serait d'aucune importance pour mon sultan, il ne considérerait que l'intention. Mais fais amitié à son peuple : souviens-toi des Anglais que tu as vus, et si à l'avenir d'autres arrivent à tes tentes, donne-leur du lait et des moutons, et mets-les dans le chemin qu'ils doivent suivre; promets-moi de faire tout cela et je puis t'assurer que mon sultan t'enverra une épée comme celle que Hatita a eue à mon retour, sans qu'il soit allé en Angleterre, ni qu'il ait donné quelque chose à mon sultan. — Quoi! c'est un si brave homme! Barak Allah! Quel est son nom? — George. — George! santé à George; beaucoup de

santé! Salam Ali, George Yassour. Dis-lui que Min-
Ali-Tahr lui souhaite santé et prospérité; que c'est un
Tibbou qui peut commander à mille lances, et qui ne
craint personne. Le sultan George est-il libéral? son cœur
est-il grand? golba Kébir? fait-il des présents à son
peuple? — Oui, beaucoup, quelques-uns pensent qu'il
est trop généreux. — Par la tête de mon père (Raas El
Boué), ils ont tort, le sultan d'un grand peuple doit
avoir un cœur large, ou bien il est indigne d'être leur
chef. Qui lui succédera quand il mourra? — Son frère.
— Quel est son nom? — Frédéric. — Barak Allah! j'espère qu'il sera comme George, matlouk (libéral). Salam
Ali, Frédéric! Santé à Frédéric. Combien de femmes
ont-ils? — Aucun Anglais n'en a plus d'une. —
E ghieb! E ghieb! (prodigieux, prodigieux.) Bah! ils
devraient en avoir cent. — Non, non; nous regardons
cela comme un péché. — Ouallah (que diable)! j'en
ai actuellement quatre, et j'en ai eu plus de soixante.
Celle que j'aime le mieux dit toujours qu'une seule
serait plus légal. Elle a peut-être raison. C'est ton
avis. Vous êtes un grand peuple et vous savez tout;
quant à moi, Tibbou, je ne vaux guère mieux qu'une
gazelle. »

La route était fréquemment parsemée d'arbres touffus.
Nous vîmes des troupeaux de bêtes fauves et nous
tuâmes un sanglier. La nuit dernière les hyènes vinrent

si près de nos tentes qu'un chameau qui était à peu près à trois pas de notre enclos fut, au point du jour, trouvé à moitié dévoré. Un lion commença par faire son repas d'une partie de la pauvre bête, les hyènes vinrent ensuite se régaler de ce qu'il avait laissé. Nous eûmes des feux allumés pendant toute la nuit; malgré les hurlements continuels de ces animaux qui durèrent jusqu'au jour, notre sommeil fut peu interrompu. On fit halte près de l'étang de Tcheghelarem. Quoique l'on dise que c'est un bras du Tchad, ce n'était qu'une eau dormante, nulle part l'eau n'avait plus de deux pieds de profondeur. On fit route au sud, on passa par plusieurs jolis villages nègres et vers onze heures on arriva sur les bords du Yeou, grande rivière qui dans quelques endroits avait plus de cinquante pieds de large; sa vitesse était de trois milles et demi à l'heure. Tous les Arabes dirent que c'était le Nil, et qu'il se jetait dans la grande eau du Tchad.

Une ville nommée aussi Yeou est située sur la rive droite. Il y avait actuellement sur la plage deux canots dans lesquels les marchandises et les gens des kafilas passent à l'époque de la saison des pluies. Les chameaux et les chevaux traversent le fleuve à la nage, leurs têtes attachées aux embarcations. Rien de plus grossièrement fait que ces bateaux; les planches, rudement façonnées avec une petite hache, étaient fortement

6

liées ensemble par des cordes passées dans de petits trous que l'on y a percés. Il y a dans chacun un bouchon de paille, destiné, dit-on, à empêcher l'eau d'entrer. Ils ont une poupe très haute, comme les bateaux des Grecs, et peuvent porter une trentaine de personnes.

Je suis allé visiter Yeou, qui est une jolie ville murée, mais de moitié moins grande que Beurewha. On parcourut quinze milles et l'on rencontra un puits que nous passâmes par l'ordre de Bou-Khaloum. Quoique nous ne fussions pas à plus d'une journée de route de la résidence du cheik, nous ne reçûmes pas beaucoup de visites. Il courait toutes sortes de bruits sur l'opinion du cheik relativement à la troupe qui accompagnait Bou-Khaloum ; cependant on s'accordait à dire que nous serions reçus à une certaine distance de la ville par un corps armé considérable, tant pour faire honneur au pacha que pour montrer comment le cheik était préparé à repousser les attaques de ses ennemis.

Aujourd'hui un Arabe m'apporta une grue des Baléares qui avait treize pieds d'envergure. Malgré toutes les difficultés qui s'étaient présentées aux différentes périodes de notre voyage, nous n'étions plus qu'à quelques milles du lieu de notre destination : nous allions connaître un peuple qui n'avait jamais vu un Européen ; nous allions entrer dans un pays dont la

véritable position avait jusqu'alors été presque entièrement inconnue. Les rapports qu'on nous avait faits sur
l'état de ce pays étaient si contradictoires que l'on ne
pouvait se former aucune idée sur le nombre et la
condition réelle de ses habitants. Nous nous avancions
donc vers la ville de Kouka ne sachant si nous trouverions le cheik à la tête de quelques milliers de soldats
ou s'il nous recevrait assis sous un arbre, et entoure
seulement de quelques esclaves nus.

Nos doutes ne tardèrent pas à être écartés. Je m'étais
avancé à cheval à quelque distance de la troupe de
Bou-Khaloum qui s'était vêtu de ses plus beaux habits.
Que l'on juge de ma surprise lorsque je vis en face de
moi un corps de plusieurs milliers d'hommes de cava-
lerie rangés en ligne qui s'étendait à droite et à gauche
aussi loin que ma vue pouvait porter. Arrêtant aussitôt
mon cheval j'attendis sous l'ombre d'un acacia l'arrivée
de la bande de Bou-Khaloum. Les troupes bornouennes
restèrent à leur poste sans bruit ni confusion.

Dès que les Arabes se montrèrent, les Bornouens
poussèrent un cri perçant qui fendit l'air; leurs grossiers instruments de musique, également bruyants,
commencèrent à se faire entendre et tout le corps se
mit en mouvement pour aller au-devant de Bou-Klaloum
et de ses Arabes. Il y avait dans les mouvements de
cette troupe une mesure et un ensemble dont je fus

étonné. Trois petits corps se détachèrent du centre et de chaque flanc, et firent une charge rapide vers nous, en s'avançant jusqu'à quelques pas de nos chevaux sans réprimer la vitesse des leurs jusqu'au moment où ils firent halte, tandis que toute la troupe marchait en avant.

Ces détachements montaient des chevaux de petite taille, mais excellents; les cavaliers s'arrêtèrent et firent volte-face, dans leur plus grand élan, avec précision et habileté, brandissant leurs lances au-dessus de leur tête et s'écriant : « Barca! Barca! Alla hiakloum tcha! Alla tcheraga! » (Bénédiction, bénédiction, fils de votre pays! fils de votre pays!) puis retournèrent vers le front de la troupe pour recommencer la charge.

Toutes ces évolutions nous serraient de près, il nous était impossible de nous mouvoir en avant; en conséquence, nous nous arrêtâmes complètement. Cette position incommode ne dura pas longtemps. Barca-Gana, premier général du cheik, nègre d'une figure distinguée, vêtu d'un tobé de soie, et monté sur un cheval mandaran, parut, et, après un délai de peu de durée, les chevaux qui nous serraient par derrière firent place et nous pûmes marcher, mais avec lenteur à cause des obstacles que ces cavaliers impétueux apportaient fréquemment à nos mouvements en avant. Les nègres du cheik étaient revêtus de cottes de

mailles composées de chaînettes de fer qui les couvraient depuis le cou jusqu'aux genoux, se partageant
par derrière et tombant sur chaque côté du cheval;
quelques-uns étaient coiffés de casques ou plutôt de
bonnets de fe: avec une mentonnière et assez forts pour
garantir d'un coup de lance. La tête des chevaux était
également défendue par des plaques de fer, de cuivre
et d'argent, qui laissaient une ouverture suffisante pour
les yeux de l'animal.

Arrivés enfin aux portes de la ville, Bou-Khaloum,
une dizaine de ses gens et nous, eûmes seuls la permission d'entrer, après être restés longtemps exposés
à l'ardeur du soleil. Barca-Gana fit signe à Bou-
Khaloum d'avancer seul. Il se passa encore une demi-
heure, puis les portes s'ouvrirent et les quatre Anglais
furent appelés. A l'entrée, les gardes noirs nous arrêtèrent de la manière la moins cérémonieuse et ne nous
permirent de passer qu'un à un pour monter un esca-
lier au haut duquel nous fûmes forcés de faire halte
par des lances croisées et la main d'un nègre appliquée
à plat sur notre poitrine. Nous allâmes saluer le
cheik, cérémonie qui consistait à incliner la tête et à
appliquer la main droite sur le cœur. Pour nous recevoir, le cheik était assis sur un tapis dans une petite
chambre sombre; son vêtement, très simple, consistait
en un tobé bleu du Soudan et un turban de châle. Le

cheik ne paraissait âgé que de quarante a quarante-
six ans ; sa physionomie prévenait en sa faveur, elle
était spirituelle et bienveillante. Nous lui remîmes les
lettres du pacha; il les lut, et nous demanda pourquoi
nous étions venus dans le Bornou; nous lui répondîmes
que c'était uniquement pour voir le pays et parce que
notre sultan désirait connaître toutes les parties du
monde. Le cheik répliqua : « Soyez les bienvenus ;
vous montrer quelque chose sera pour moi un plaisir.
J'ai ordonné que l'on construisît pour vous des cases
dans la ville ; vous pouvez aller les voir, accompagnés
par un de mes gens ; lorsque vous serez remis des
fatigues de votre long voyage, je serai très content de
vous voir. » Après ce discours, nous nous retirâmes.

V

Bou-Khaloum remit au cheik les présents du pacha ; c'était un fusil à deux coups, une paire d'excellents pistolets dans leur étui, deux pièces de drap superfin, l'une rouge, l'autre bleue ; nous y avions ajouté un service en porcelaine et deux paquets d'épicerie.

La cérémonie de notre présentation fut assez ridicule. Nous traversâmes des passages bordés de ses serviteurs ; quand nous avancions trop vite, nous étions arrêtés par ces gens qui nous prenaient par les jambes, et si la foule ne nous eût pas empêchés de tomber, nous eussions plus d'une fois fait la culbute. Arrivés devant le cheik, nous lui remîmes nos présents dont il parut charmé : il nous questionna de nouveau sur l'objet de notre voyage et parut satisfait quand nous lui assurâmes que le roi d'Angleterre avait entendu parler du Bornou et de lui.

Je dois observer ici qu'indépendamment de bouvards, de charges de chameaux de riz et de froment, le cheik nous envoyait tous les matins et tous les soirs une demi-douzaine de gamelles pleines de riz avec de la viande.

Un marché se tenait devant une des principales portes
de la ville. Le froment, le riz et le gossob abondaient, de
même que du tamarin en gousse, des arachides, des hari-
cots, de l'ochra et de l'indigo. Il y avait rareté de
plantes potagères, on ne voyait que des oignons et des
tomates bâtardes et pas un seul fruit. Les denrées et les
marchandises étaient presque toutes vendues par les
femmes dont les costumes variaient à l'infini. Celles du
Kanem et du Bornou étaient les plus nombreuses. Les
Kanembouses ont de petites tresses de cheveux pendantes tout autour de la tête jusqu'à la nuque avec un
rouleau de cuir tombant du front sur chaque côté du
visage, ce qui ne sied pas mal. Quelquefois elles ont des
cordons d'anneaux d'argent au lieu de grains de cuivre
et un grand ornement d'argent sur le front. Les femmes
exclaves du Mosgô sont fort laides mais on les estime
parce qu'elles sont fidèles et laborieuses. Elles ont des
aiguilles d'argent passées dans le nez, et précisément
sous la lèvre inférieure une grande de la grosseur d'un
shilling qui pénètre dans la bouche. Pour faire place à
cet ornement, on enlève quelquefois une dent ou
deux.

Quand je m'arrêtais un instant au marché, la foule se
rassemblait autour de moi. On m'y offrit entre autres
choses à acheter un jeune lion et un singe. Le lion avait

été pris quand il n'avait que deux mois, et son maître l'ayant depuis trois mois, désirait s'en défaire. Cet animal était de la taille d'un poulain et avait les extrémités très grosses ; les gens marchaient tout près de lui sans montrer beaucoup d'inquiétude, quoiqu'il eût appliqué un coup de patte à un homme qui se trouvait sur son chemin et eût fait couler le sang en abondance.

Le cheik continuait toujours d'être bienveillant à notre égard, nous laissant la faculté de parcourir tous ses États. Bou-Khaloum, qui connaissait extrêmement le caractère des gens du pays, nous était très utile.

Le bruit avait couru qu'un de nos desseins était de construire des navires, de nous y embarquer et de retourner par le lac dans notre pays, qu'ensuite les hommes blancs viendraient et extermineraient les Bornouens. Bou-Khaloum nous assura que ces bruits n'avaient pas laissé que d'être accueillis mais qu'il avait fait comprendre au cheik combien ils étaient peu fondés.

L'approche du sultan de Begharmi rendit les Arabes joyeux ; il n'était qu'à quatre journées de marche de Kouka. Dans ses expéditions précédentes, le cheik El Kanémy avait ravagé tout le Begharmi, avait détruit par le feu les villes des Begharmiens et était resté près de trois mois dans cette contrée.

Le sultan s'était retiré avec sa famille et ses esclaves

dans un canton habité par des Kaffirs, ou sauvages, peuple aussi nombreux, disait-on, que le sable du désert; il avait, dans la conjoncture actuelle, accompagné le sultan pour qu'il se vengeât du cheik du Bornou.

La perspective de piller et de faire des esclaves avait excité l'esprit des Arabes au point qu'ils passèrent la nuit à discuter comment ils expédieraient le butin.

Les Begharmiens, en apprenant que Bou-Khaloum était à Kouka avaient fait halte dans un lieu appelé Golphi. On assurait que le cheik allait envoyer une armée considérable dans leur pays afin de punir le sultan d'avoir même pensé à se venger.

La nouvelle que les Begharmiens étaient partis de Golphi pour retourner chez eux rebâtir leur capitale arriva aussitôt.

Nous demandâmes au cheik à voir le Chary et le Tchad; il promit que sous peu de jours nous verrions l'un et l'autre avec la vieille ville de Bornou. Il nous fit beaucoup de questions sur notre manière d'attaquer une ville murée, et quand nous lui dîmes que nous avions des canons qui lançaient des boulets pesant vingt-quatre et trente-deux livres, avec lesquels on faisait des brèches aux remparts et qu'ensuite on emportait la place d'assaut, ses grands yeux noirs étincelèrent. « Prodigieux! prodigieux!» s'écria-t-il.

Nous nous dirigeâmes ensuite vers Birnie, qui est une

ville murée dont les maisons ressemblent à celles de
Kouka et qui renferme probablement 10,000 habitants.
Le sultan ne tarda pas à nous faire savoir que le lendemain, au lever du soleil, il nous recevrait. Le soir on
nous servit un repas sinon délicat du moins abondant :
il était composé de soixante-dix mets dont chacun
aurait rassasié une demi-douzaine de personnes d'un
appétit modéré.

Un peu après le jour on vint nous chercher pour
aller chez le sultan. Il nous reçut dans une grande
place devant le palais. Il est difficile de découvrir
quelque chose de plus ridicule et de plus grotesque que
quelques-unes, et même que toutes les figures qui
composaient sa cour. De gros ventres et de grosses
têtes sont des attributs indispensables pour quiconque
est au service de la cour de Bornou. Lorsque ces courtisans, au nombre de deux cent soixante à trois cents,
eurent pris place en face du sultan, nous eûmes la permission d'avancer jusqu'à une portée de pistolet de
l'endroit où il était assis : on nous dit de nous asseoir,
puis le nègre le plus laid qu'il soit possible d'imaginer nous demanda les présents. Bou-Khaloum les
délivra et l'eunuque les remit au monarque.

Cette cérémonie terminée, nous partîmes à l'instant
pour Angornou. Cette ville, la plus grande et la plus
peuplée du Bornou, est située à quelques milles du

lac Tchad ; elle contient au moins 30,000 habitants. Tous les habitants de Tripoli et de Moursouk y étaient venus parce qu'elle est le grand entrepôt du commerce. Le grand marché se tient le mercredi : les habitants disent qu'en temps de paix il s'y réunit quelquefois jusqu'à cent mille hommes. Tous les soirs, un autre marché a lieu dans une place au milieu de la ville. Le poisson, la viande, la volaille y abondent, crus ou cuits ; mais on n'y voit d'autres plantes potagères que des tomates et des ognons. L'extrême blancheur de ma peau me rendit encore un objet de pitié, d'étonnement et peut-être même de dégoût. Les mendiants ont une singulière manière d'exciter la compassion (la toile de lin est à si bas prix que la plupart des hommes ont une chemise et un pantalon), ils vont donc près du marché tenant à la main un lambeau d'un vieux pantalon, tandis qu'ils sont vêtus de leur chemise et crient aux passants : « Voyez, je n'ai pas de culottes, je n'ai pas de culottes. » La nouveauté du stratagème me fit rire aux éclats.

A quelques jours de là, je reçus un message du cheik ; il avait entendu dire que j'avais une boîte à musique qui jouait ou s'arrêtait à un simple mouvement de mon doigt, il se mourait d'envie de la voir. Le plaisir qu'il ressentit, l'étonnement, le charme fit qu'il se couvrit le visage avec la main et écouta en silence. Un homme près de lui ayant interrompu le charme par une exclamation bruyante, il lui appliqua un coup de pied qui fit frémir tous ses serviteurs. Je ne crus mieux faire que de lui offrir la boîte. Il en fut d'autant plus content, que je l'avais refusée à Karouache quand il me l'avait demandée au nom du cheik.

Aujourd'hui, j'ai eu une longue entrevue avec le cheik, je lui ai demandé la permission de visiter le Tchad le lendemain ; aussitôt, il donna l'ordre de me faire accompagner.

Je ne perdis pas un moment à profiter de cette permission ; nous étant avancés à cinq milles à l'est, nous parvînmes sur les bords du lac Tchad ; nulle part, je ne les avais vus si nus ; des signes évidents prouvaient qu'il débordait, puis se retirait. Les rives marécageuses étaient couvertes d'herbes fines que paissent des milliers de bestiaux très beaux. Vers le soir, nous montâmes sur nos chevaux, et ayant commencé à poursuivre de belles antilopes, nous vîmes, à une certaine distance, une troupe de plus de quarante éléphants. Les antilopes sont d'une couleur brune claire, avec des raies noires et blanches près du ventre ; elles ne courent pas très vite, on ne les rencontre que dans le voisinage du Tchad et des autres grandes eaux.

La tamarinier et le caroubier étaient très nombreux

et chargés de fruits : ceux du premier étaient d'un goût excellent. Les chevaux furent tellement assaillis par des nuées d'insectes, qu'il fallut se déterminer à passer la nuit près des bœufs.

Pendant la nuit, la rosée fut très abondante, phénomène que je n'avais pas observé depuis Gatrone où même il avait été remarquable. En arrivant sur les bords du lac, je tirai les beaux oiseaux aquatiques qui jouaient par milliers sur le lac et ses bords : je tuai une belle grue blanche. A ce moment, mes guides avaient découvert trois grands éléphants qui passaient près du lac. Un de ces éléphants était d'une taille gigantesque, il me parut haut de seize pieds ; les deux autres étaient des femelles qui décampèrent assez vite, tandis que le mâle resta en arrière comme pour protéger leur retraite.

Ayant parcouru près de huit milles le long des bords du Tchad, qui ne m'offrirent aucune variété, ni dans leur aspect, ni dans leurs productions végétales, une herbe grossière et une plante à petite fleur en cloche étant les seules que je découvrisse, nous nous éloignâmes du lac une heure avant le coucher du soleil, et nous arrivâmes à Koua, petit village du nord.

Quand je parus à Koua, mes mains et mon visage devinrent l'objet de tant de curiosité et de crainte que je penchais à croire qu'on les avait changés pendant la nuit. Une petite fille, entre autres, fut saisie d'une frayeur si grande et versa tant de larmes en me voyant, que rien ne put la consoler, pas même un collier de verroterie que je lui offris; elle ne voulut pas même tendre la main pour le prendre.

Nous rentrâmes à Kouka un peu après midi. Quoique très fatigué par la chaleur excessive, j'étais très satisfait de cette petite excursion. Toutefois, je ne pus dans cette occasion obtenir aucun renseignement sur les Kerdies, si ce n'est qu'ils viennent à certaines époques à Angornou, pillent quelquefois un village et emmènent le bétail dans leurs pirogues.

J'appris une mauvaise nouvelle en rentrant dans ma case : le cheval qui m'avait transporté de Tripoli à Mourzouk, et sur lequel j'étais venu de Tripoli dans le Bornou, était mort quelques heures après mon départ pour le lac. Ce n'était pas du chagrin que j'éprouvais, c'était quelque chose qui en approchait, et quoique honteux du degré de dérangement moral que je souffris, je fus plusieurs jours à bien me remettre de cet accident. D'ailleurs, on ne doit pas oublier que le pauvre animal avait été mon soutien et mon aide, et je pourrais même dire mon ami. Durant bien des jours et bien des nuits d'une tristesse affreuse, il avait enduré, à mon service, la faim et la soif, avec une patience extrême, et, bien qu'arabe, il était si docile, que dans le

désert il restait sans bouger pendant des heures entières,
pendant que je dormais entre ses jambes, son corps me
procurant le seul abri qui pût me garantir de l'ardeur
des rayons du soleil à midi; avec cela il l'emportait sur
tous les autres en vitesse, et était toujours en avant
dans les courses. Mon nègre avait ouvert sa tête, où il
avait trouvé une quantité de pus autour de sa cervelle.
Les Arabes avaient perdu trois chevaux de la même
manière; c'était sans doute un effet du climat, de la
rareté et de la mauvaise qualité des eaux, et de l'expo-
sition continuelle au soleil que nous avions endurée.

Aujourd'hui, le thermomètre monta dans nos cases
à 103 (31°54); c'est la plus grande chaleur que nous
ayons jusqu'à présent sentie dans le Bornou.

Je m'étais fait une règle de me montrer en public
dans quelque endroit du marché quotidien, afin de
familiariser avec ma figure les habitants des villes voisines. Aujourd'hui, j'y réussis. Vieux et jeunes, tous
s'approchèrent de moi sans manifester beaucoup d'inquiétude, mais quand il m'arrivait d'étendre la main,
de sourire ou de tourner la tête, ils s'éloignaient de
moi; toutefois, il semblait que de part et d'autre, nous
sentions que nous nous connaissions mieux.

Dris-Abou-Raas-Ben-Abou-Delh, chef chouâa, dont
la tribu a ses tentes près du Chary, est venu me voir
aujourd'hui. C'était un homme très intelligent et fin, il

m'adressa cent questions et, chose étrange, il ne me
demanda rien en présent. Cependant je lui donnai un
miroir qui lui fit grand plaisir. Il me donna un itiné-
raire et un plan des affluents du Chary jusque dans les
environs de Begharmi.

Il est revenu seul aujourd'hui pour m'annoncer que
le cheik n'était pas enclin à nous permettre de voir
aucun pays au sud du Chary : « Ta libéralité envers
moi, ajouta-t-il, m'a fait jurer d'être ton ami. Si tu
veux mettre ta main sur ce livre (il indiquait mon
journal), ce livre saint, je te dirai quels ordres le
cheik m'a donnés, sur la manière dont je dois me
conduire envers vous autres quand vous arriverez
dans mon territoire; il m'a défendu de vous laisser
traverser le fleuve. Mais si tu veux le passer et venir
dans ma tente, qui est à Kerga, je trouverai le moyen
de te faire aller plus loin vers le sud. Si tu pars du
Chary quand le soleil est à trois brasses d'hauteur,
tu arriveras chez moi à son coucher. » Je le ques-
tionnai sur le danger d'encourir le déplaisir du cheik;
mais il ne tergiversa pas : « Nous sommes trois frères,
répliqua-t-il, le cheik a besoin de nous attirer tous
trois à son service, ce n'est pas son intérêt de nous
quereller. »

Bou-Khaloum vint chez nous après la prièrs et nous
annonça qu'il était déterminé à renvoyer trente des

Arabes les plus mutins, et qu'ils allaient retourner à Moursouk.

Dris me fit une troisième visite avant de partir de Kouka et me pressa de traverser le Chary, ou du moins de passer un certain temps dans sa tente. Il faisait nuit quand il vint dans la mienne, et il feignait de craindre, ou bien avait réellement grand'peur que quelqu'un ne l'eût vu. « Ne dis pas que je suis venu chez toi, me dit-il, tous ceux qui viennent dans ta case épient tes actions. Tout ce que tu dis est rapporté au cheik. — Et toi-même ? repris-je. — C'est bien, tu n'as pas raison de te fier à moi. Sois discret ; je t'ai fait une offre, viens si tu juges à propos ; mais ne te compromets pas, je t'ai parlé comme je parlerais à mes entrailles. »

Les Arabes chouâa sont une race très extraordinaire ; ils ne ressemblent guère aux Arabes du nord, ils ont la physionomie belle et ouverte, le nez aquilin, les yeux grands ; leur teint est bronzé clair, ils sont courageux et fins, ils ont beaucoup de l'air de cette singulière espèce d'hommes qui est répandue en Europe sous les noms de Bohémiens, Gypsies ou Zingari.

Bou-Khaloum partit pour une expédition sans nous dire adieu, preuve suffisante pour moi que le cheik n'avait pas accueilli notre demande d'accompagner le ghrazzie. Cela me contraria beaucoup, car j'avais toujours pensé qu'au moins pour cette expédition je pourrais prendre les arrangements qui me conviendraient, je sentais que c'était le seul moyen quinous restait d'aller dans le sud : les événements prouvèrent que j'avais raison.

Nous apprîmes que Boú-Khaloum devait partir d'Angornou le 14 pour son expédition. Perdre cette occasion de voir à la fois le pays et la manière dont ces peuples menaient trois mille hommes au combat était pour moi une idée insupportable : il fallait donc profiter de la circonstance. L'expédition promise par le cheik n'aurait peut-être jamais lieu, et certainement se dirigerait vers un point tout différent. D'ailleurs je savais qu'avec Bou-Khaloum je pourrais suivre mes plans, ce qui probablement ne serait pas le cas avec le cheik. Dans ce dilemme je pris parti de m'adresser au principal Karouache du cheik, qui avait toujours fait profession d'être mon ami. « Si j'obtiens la permission de partir, lui dis-je, tu auras pour toi cinquante piastres. » Karouache me quitta en désirant, j'en suis persuadé, le succès de sa requête en ma faveur.

VI

Ce ne fut que le 15 au soir que j'eus l'espérance de
pouvoir accompagner le ghrazzie. J'en causai avec le
cheik qui me dit: « Je dois refuser ce que tu demandes,
car je ne sais pas comment pourvoir efficacement à ta
sûreté et cependant je désire acquiescer à ta requête.
Quand Bou-Khaloum a proposé que toute votre troupe
allât avec lui, je n'ai pas dû y consentir : ton roi ne vous
a pas envoyés à une si grande distance pour courir de si
gros risques. — Cependant, lui répliquai-je, ce sont les
ordres de mon sultan d'accompagner des expéditions
de guerre. Quoique tu refuses ton approbation, j'espère
que tu ne m'empêcheras pas de suivre Bou-Khaloum.
Si c'est là ton intention, ajoutai-je, je t'avertis qu'il
faudra me mettre les fers au cou, parce que je partirai certainement, car je ne veux pas perdre cette occasion de voir le pays. » En finissant ces mots je me reti-
rai. J'étais déterminé à joindre le ghrazzie.

Bou-Khaloun était parti d'Angornou. On disait qu'il s'arrêterait pendant un jour à 35 milles au sud de cette place. Maramy, qui m'avait accompagné dans mon excursion au Tchad, fut de nouveau désigné par le cheik pour me servir de guide. Maramy parlait un mauvais arabe et était très causeur. Devenus de vrais amis, il me confia tout ce que le cheik lui avait ordonné me concernant. Sous aucun prétexte il ne devait me quitter et dans le cas où je persisterais obstinément à joindre l'expédition, de me conduire à Barca-Gana, mamelouk noir du cheik, qui devait prendre soin de moi. Ayant parcouru 14 milles, nous arrivâmes à Merty. Les Arabes étaient campés à l'ouest de la ville. Maramy me dit alors : « Le cheik désire que tu te mettes sous la protection de Barca-Gana et souhaite que tu restes avec ses gens. » J'aurais préféré dresser ma tente près de celle de Bou-Khaloum, dont j'avais éprouvé l'amitié, et parmi les Arabes, mes anciens compagnons ; mais Maramy m'ayant assuré que cela déplairait au cheik, j'abandonnai à l'instant cette idée.

Barca-Gana commandait les troupes du cheik, fortes de deux mille hommes ; c'était un nègre de grande taille, d'une bravoure extraordinaire et possédant un charme qu'il regardait comme le rendant invulnérable aux balles et aux flèches. Il était fin et avait l'esprit vif, sa longue habitude de vivre avec le cheik lui avait fait acquérir

de la douceur et de l'amabilité; de plus, il était musulman très dévot. Nous atteignîmes successivement Alla,
ville à 14 milles de Merty, puis Digoa, grande ville murée
qui compte 30,000 âmes. Il y a un vaste ouadey entièrement sec; mais une grande pirogue qui était là couchée
sur le côté indique que dans la saison des pluies on va
par eau dans le Mandara.

Le 19, avant le jour, on décampa, on traversa le ouadey
et l'on continua de voyager dans un pays très couvert.
On atteignit de bonne heure Affragay, ville sujette au
cheik et gouvernée par un caïd. On peut évaluer la
population d'Affragay, de Sogama, Kindatcha, Masseram
et Kingoa, villes des environs, à 20,000 âmes.

A l'ouest de Kingoa on voit les ruines de Dagwamba,
grande ville qui donnait son nom à tout le pays voisin
et était gouvernée par un sultan. Tous les habitants
étaient alors kerdies; ayant été vaincus par les anciens
sultans du Bornou, ils devinrent musulmans. Avant d'arriver à Digoa nous avions rencontré un repaire de
Chouâa de la tribu d'Oualed-Salamol : ce peuple s'étend
dans l'est jusqu'aux rives du Tchad.

Le 12, à midi, on parvint à Delahay après avoir traversé
un bois épais : c'est un lieu entouré d'acacias touffus,
qui répandent une odeur délicieuse. Tout ce pays est
couvert de terrain d'alluvion, il présente un aspect
argileux de couleur foncée. Ce soir, Bou-Khaloum étant

venu dans la tente de Barca-Gana on lui adressa malheureusement sur ma religion des questions qui me firent terriblement déchoir dans l'esprit des Bornouens.

Durant sa marche, notre troupe s'était accrue de plusieurs cheiks chouâa, ce qui avait fait monter notre armée à 3,000 hommes, presque tous cavaliers. Delow, première ville du Mandara que nous vîmes, renferme 10,000 âmes; elle a de belles sources d'eau pure; les vallées sont remplies de figuiers et d'arbres dont la fleur, de couleur blanche, semblable à celle du seringa, répand une odeur suave.

A un mille au delà de Delow, nous vîmes devant nous le sultan du Mandara entouré de 500 cavaliers postés sur un terrain élevé et prêts à nous recevoir. Aussitôt Barca-Gana fit faire halte. Trente fils du sultan, montés sur des chevaux superbes, vêtus de tobés de soie rayés, composaient sa garde; des chabraques en peaux de chat-tigre et de léopard couvraient la croupe de leurs chevaux. Nous nous avançâmes au galop, et nous fîmes halte devant les gardes. Alors commença un pourparler en mandaran par le moyen d'un interprète, sur l'objet de la venue de Bou-Khaloum. Le sultan rentra dans sa ville, précédé de plusieurs hommes qui soufflaient dans de grands tuyaux semblables à nos clarinettes.

Suivant son usage, Bou-Khaloum était plein de confiance : « Je ferai de beaux présents au sultan, disait-il, je suis sûr qu'il me donnera pour la piller une ville des kerdies [1] bien peuplée. »

Vers le soir, j'allai avec Bou-Khaloum et Barca-Gana rendre visite au sultan; nous.entrâmes à cheval dans la ville, les trompettes sonnèrent quand nous mîmes pied à terre à la porte du palais. Bou-Khaloum remit le paquet contenant ses présents. Alors le sultan exprima le désir d'être utile à Bou-Kbaloum, lui dit qu'il prendrait sa requête en considération et dans un jour ou deux lui communiquerait sa décision.

Mohammed-Becker, sultan du Mandara, était de petite taille et âgé d'environ 50 ans; sa barbe était teinte en bleu céleste de la plus belle nuance.

L'apparition de l'armée nombreuse qui accompagnait Barca-Gana, campant dans la vallée, dut jeter l'épouvante parmi les kerdies ; ils conjecturèrent avec raison qu'une troupe si formidable n'était venue dans le pays que pour un seul objet; tous durent être agités par l'inquiétude de savoir qui d'entre eux seraient les victimes. Le bruit avait d'abord couru, mais sans aucun fondement réel, que les Arabes iraient ravager le Mosgô, Les habitants de ce pays envoyèrent en don au sultan, 200 esclaves, plus de 50 chevaux et d'autres choses. Ces présents étaient conduits par une trentaine de cava-

1. Terme général pour désigner ceux qui ne croient pas.

liers montés sur de petits chevaux bien faits. Je les vis
à leur sortie du palais du sultan; ils se prosternèrent
à terre, en jetant du sable sur leur tête et poussant des
cris lamentables.

Les hommes à cheval, qui étaient les chefs, avaient
pour unique vêtement une peau de léopard nouée autour
de la ceinture. Leur tête couverte de longs cheveux lai-
neux ou plutôt hérissés, qui leur venaient jusqu'aux
yeux, était coiffée d'un bonnet de peau de chèvre. Ils
avaient autour des bras et aux oreilles des anneaux qui
me parurent d'os; chacun portait autour du cou un à
six cordons de dents que l'on m'assura être celles des
ennemis tués sur le champ de bataille. Des dents et
des morceaux d'os étaient également suspendus aux
boucles entortillées de leurs cheveux. Ces ornements
bizarres, les taches de rouge dont leur corps était bar-
bouillé en plusieurs endroits, leurs dents teintes de la
même couleur, leur donnaient un aspect extrêmement
farouche et vraiment sauvage. Je n'avais encore vu
parmi ces peuples grossiers aucun qui parût l'être au
même degré.

Le sultan du Mandara n'avait nullement fait connaître
ses intentions relativement à la destination de Bou-
Khaloum, c'est pourquoi celui-ci montrait une impatience et un mécontentement extrêmes. J'avais le désir
d'aller aux montagnes; je demandai donc à Barca-Gana

de m'y faire accompagner. Six hommes armés reçurent l'ordre de m'escorter. Nous suivîmes pendant près de trois quarts de mille la vallée et nous avançâmes un peu dans deux ravins qu'on aperçoit dans la partie méridionale de la chaîne. Chacun s'accordait pour m'assurer que cette chaîne de montagnes dont la partie la plus haute, dans le voisinage de Mandara, ne s'élève pas à plus de 2,500 pieds, s'étend au sud à plus de deux mois de route.

Le fer est très commun dans ces montagnes; il ne paraît pas qu'on y ait découvert un autre métal. Je revins à ma tente enchanté de mon excursion.

Nous ne tardâmes pas à nous mettre en route; on ne décampa qu'au grand jour. Rien de plus beau que le paysage qui nous entourait. De tous côtés notre vue était bornée par la chaîne de montagnes dont on ne découvrait pas la fin. On continua la montée par le défilé d'Horza. Bien avant dans l'après-midi on arriva sur les bords du Mikewa, torrent dont les eaux procurèrent un grand soulagement à nos bêtes, presque mortes de soif, et à nous. Quand les animaux eurent bu on se remit en route. On parcourut 18 milles dans un pays verdoyant et boisé, et après le coucher du soleil on arriva sur les bords d'une autre rivière près des collines de Makkeray. On devait s'y reposer, puis marcher de nouveau afin d'attaquer les Felatah.

Des ravins nombreux et profonds et des lits de torrents à sec, rendirent notre marche ennuyeuse et difficile. En sortant du bois on découvrit Derkolla, grande ville des Felatah. Aussitôt les Arabes se rangèrent en ligne, Bou-Khaloum à leur tête. Derkolla et une autre petite ville furent promptement réduites en cendres. Le petit nombre d'habitants que l'on y trouva et qui étaient principalement des enfants ou des personnes âgées hors d'état de prendre la fuite, furent égorgés sans pitié ou jetés dans les flammes.

Enfin on arriva en vue de Mosfeïa. Les Felatah avaient dressé d'une colline à l'autre une très forte ligne de palissades bien pointues, hautes de six pieds, et liées ensemble par des courroies de peaux crues, leurs archers étaient placés par derrière et sur le terrain en pente, ayant devant eux le ouadey.

Néanmoins les Arabes l'attaquèrent avec une grande bravoure, malgré la grêle de flèches, dont quelques-unes étaient empoisonnées, qui tombait sur eux de derrière les palissades. Bou-Khaloum avec sa poignée de soldats les eut forcées en une demi-heure et se précipita en avant en repoussant les Felatah sur le flanc de la colline. Alors Barca-Gana et une centaine de lanciers bornouens marchèrent pour soutenir Bou-Khaloum et percèrent de part en part une cinquantaine de malheureux blessés étendus près des palissades... Une escarmouche terrible s'engagea, les Felatah lancèrent une telle quantité de flèches qu'il ne fut pas possible de tenir ferme, les Arabes reculèrent. Barca-Gana eut trois chevaux atteints sous lui, deux moururent presque à l'instant, les flèches étant empoisonnées; il y en eut une qui frappa Bou-Khaloum, et une autre son cheval. Dans un instant nous ne fûmes plus qu'une masse de fuyards qui gagna dans le plus grand désordre ce même bois que quelques heures auparavant nous avions traversé si bien rangés et avec des sentiments bien différents. Soudain les cris des cavaliers felatah qui nous poursuivaient nous firent hâter le pas; mon cheval, percé d'une flèche, chancela et tomba. A peine je m'étais relevé que les Felatah arrivèrent sur moi. Je pris un pistolet et je le présentai à deux de ces féroces sauvages qui me serraient de près; ils s'en allèrent, mais un autre qui s'avança vers moi plus audacieusement à l'instant où j'essayais de remonter à cheval reçut la charge dans son épaule gauche, ce qui me donna la facilité de me sauver. Je n'avais parcouru encore que quelques centaines de pas que mon cheval s'abattit de nouveau, avec une telle violence qu'il me jeta contre un arbre, me laissant à pied et désarmé.

Les Felatah me portèrent plusieurs coups de lance qui me blessèrent fortement les mains en deux endroits. Je crois que ce qui les empêcha de me massacrer fut la crainte de gâter mes vêtements qui leur parurent un riche butin. Ma chemise me fut enlevée et je restai complètement nu. Alors les Felatah commencèrent à se quereller pour me dépouiller. L'idée de m'échapper se présenta soudain à mon esprit; je me glissai sous le ventre du cheval le plus près de moi et m'élançai de toute la vitesse de mes jambes dans la partie touffue des bois.

Les Felatah gagnèrent sur moi, mais j'aperçus un torrent qui coulait au fond d'une ravine profonde, j'empoignai les jeunes branches qui avaient poussé sur un vieux tronc d'arbre suspendu au-dessus de la ravine, les branches se dérobèrent de ma main et je fus culbuté dans l'eau. Alors pour la première fois je sentis que j'étais à l'abri des poursuites des Felatah.

Ayant découvert à travers les arbres trois cavaliers, je me décidai à les attendre. Il n'est pas en mon pouvoir de décrire les sensations de gratitude et de joie que j'éprouvai en reconnaissant Barca-Gana et Bou-Khaloum. Nous continuâmes notre fuite, mais bientôt Bou-Khaloum, percé d'une flèche empoisonnée, tomba mort.

A bout de force je tombai de lassitude et ne dus la vie qu'au dévouement de Maramy.

Arrivés à Angornou, le cheik fut pour moi d'une extrême bonté; il m'envoya un cheval.

Mes meurtrissures se guérissaient si promptement

que je n'étaispas aussi mal que j'aurais pu le craindre.

Le cheik jeta le blâme de la défaite sur les soldats mandarans; il me dit que je verrais dans une expédition qu'il projetait contre le Monga comment ses troupes combattaient quand il était à leur tête. Je lui répondis que j'étais prêt à l'accompagner; assurance dont il parut très satisfait.

FIN DU PREMIER VOLUME

TABLE DES MATIÈRES

DU TOME PREMIER

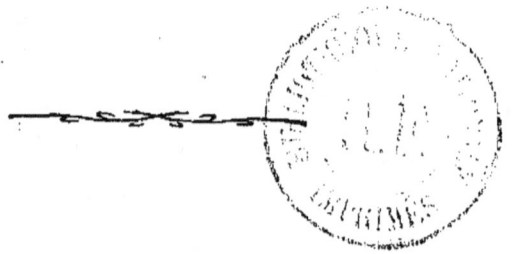

Imprimerie de Poissy. — S. LEJAY et Cie.

www.ingramcontent.com/pod-product-compliance
Lightning Source LLC
Chambersburg PA
CBHW070842030726
47504CB00005B/1195